ISHIDA IRA

石田衣良

七曜文库

吉林出版集团有限责任公司

掌心迷路

杀楚 译

吉林省版权局著作权合同登记 图字：07-2011-3468号

图书在版编目(CIP)数据

  掌心迷路 / (日) 石田衣良著 ; 杀楚译. —长春：
吉林出版集团有限责任公司, 2013.2
  （七曜文库）
  ISBN 978-7-5534-1489-8

  Ⅰ. ①掌… Ⅱ. ①石… ②杀… Ⅲ. ①短篇小说—小
说集—日本—现代 Ⅳ. ①I313.45

  中国版本图书馆CIP数据核字(2013)第013409号

掌心迷路

作　　　者	[日]石田衣良	
译　　　者	杀　楚	
出 品 人	刘丛星	
创　　　意	吉林出版集团·北京汉阅传播	
策划编辑	渠　诚	
责任编辑	顾学云　李瑞玲	
封面设计	未　氓	
开　　　本	650mm×960mm　1/16	
印　　　张	17	
版　　　次	2013年3月第1版	
印　　　次	2016年6月第2次印刷	

出　　　版	吉林出版集团有限责任公司
发　　　行	北京吉版图书有限责任公司
地　　　址	北京市宣武区椿树园15－18号底商A222
	邮编：100052
电　　　话	总编办：010－63109269
	发行部：010－63104979
网　　　址	http://www.beijinghanyue.com/
邮　　　箱	jlpg-bj@vip.sina.com
印　　　刷	北京航天伟业印刷有限公司

ISBN　978-7-5534-1489-8　　　　定价　35.80元

版权所有　侵权必究　　　　　　投稿热线：010－63109462－1040

掌心迷路

Contents

号码
ナンバーズ…

太想搞这种掌心小说了！可以放荡不羁地随性创作，让我觉得无比有趣。奇幻小说、私小说、散文随笔……随便哪种文字都足以勾起我的激赏。我读着川端康成的《掌中小说》，忍不住萌生如此赞叹。恰是那时，讲谈社的 A 君打来电话，问我想不想每月给他们社的杂志提供十页稿纸的小说，内容和结构均由我自行决定。我当时的连载小说尚未收笔，日程可以说是满满当当，但我到底是挡不住这种随便写掌心小说的诱惑啊！这个集子里所汇聚的，正是我两年间的成果。这个集子对我来讲可说极度难得——创作时完全没惦念各位读者的感受！（笑。）话说回来，就像小说往往被第一行决定生死，短篇小说集的第一篇同样至关重要。当我二十六岁的那一年，母亲突因脑溢血晕倒。通往重症监护室的医院走廊上挂着白板，一如《号码》中描述的样子。事实上，除了女朋友来见我那一段是虚构，别的地方基本都是真实重现。当时的我只是个无业游民，望着那些数字，我暗暗决意有朝一日非要把这件事写成小说！十六载光阴犹如白驹过隙，这一切总算化作了纸上的文字。和小说之间的缘分，果然是永远都无法预期。

77　1　58　65　14　0　61　39　2

　　我望着白板上的数字，茫然了。三天以来，我每天都会看上十二小时。哪怕闭上眼睛，这些数字都不会消逝。我坐着深灰色的长椅，只觉得硬邦邦的，根本没装软垫，不愧是合成皮革。走廊上每隔一点距离就会有一盏荧光灯。荧光灯洒下幽蓝的光。这里没有窗户，时间的变化似乎只会在手表上留下痕迹。第一天的晚上，我就拿这长椅当床，稍微睡了几个小时，直到黎明来临。

　　这是下町公交车总站附近的一家综合医院。沿着挂有白板的走廊往右一拐，便会看到十二面白窗帘。被那些窗帘挡住的，正是重症监护室。

　　窗帘直直垂着，一动不动，除非有人进出。看来，只要这家医院没被拆毁，就不会有风吹到这个地方。

　　十二个房间之中，有九个没有闲着。白板上的那些数字正是病人的年龄，一旁则附有手术日期和病情概况。

　　我母亲是第三个数字——五十八。

她昏迷了足足七十二小时，而且是出行时昏倒的。三天前的晚上，我和父亲赶到医院之时，她就不省人事了。

医生说我母亲是脑溢血，醒来的希望不大，希望我们做好思想准备。医生的话让人难以接受。跟跑来跑去办住院手续、联络亲戚的健康人相比，母亲的额头和手脚反而显得更有温度。

我和父亲轮流守在走廊。白天由不去大学听课的我来负责，晚上则交给下班前来的父亲。

若说我们是去医院陪伴母亲，倒不如说是轮流占住这张长椅更真实些。

我喜欢阅读。守在走廊等消息时，我几次想要读些东西，无奈那些文字都变成干涩的沙砾，失去了固有的意义，继而从我的视野中消失不见。

父亲和我都刻意回避谈到母亲。这就忙着追忆往事，未免太早，更何况我们都累得不行。只是短短三天，父亲的脸竟然瘦了一圈，眼睛更是凹了下去。当然，要是我去照照镜子，里面的脸庞想来亦是如此。我明明没有食欲，又不想再给医院增加一个患者，只好强忍着按时吃饭。

母亲住院的第二天下午，有两个人来探病，自称是她读中学时的同窗。她们拉开窗帘，站在走廊上凝望依靠仪器维持生命的母亲。

良久，良久。

其中一人开口说道："她真的是个好人，而且肯定是个好母亲。你不要放弃希望，要加油啊！"

她眼眶微红。平平淡淡的话语里蕴藏着惊人的力量，一举让我的感情决堤。

　　那是我第一次见到母亲的这两位朋友，自然不想当着她们的面哭得一塌糊涂，无奈泪水根本就忍不住。

　　母亲昏倒之后，那是我第一次流泪。我哭得太激动，以致脑袋都隐隐作痛。

　　我回到长椅上，再度凝视眼前白板上的数字。凝望那九个数字的时间，是我最放松的时间。数字里没有悲伤，没有喜悦，只是表明了病人来到这世界的岁月。

　　九个人总计三百一十七年。这三百一十七年具体是怎样的呢？我不知道。

　　我把数字加加减减，就这样消磨着由我负责的白天。

　　次日傍晚，我的女朋友来探病了。她是我的大学同学，主攻美国文学，喜欢塞林格[1]和罗斯[2]的作品，却对马克·吐温和梅尔维尔[3]不屑一顾。我对大学里的那些门类一点兴趣都没有，所以就按照父母的想法读了经济系。

　　那天是星期六。父亲见她来了，从长椅上起身迎接。

　　她带来了一束百合花。

　　那是梅雨来临前的短暂夏日。她穿着泡泡纱的蓝白色短袖洋装，袖口略微紧绷，露出浑圆、丰腴的手臂。

①　J. D. Salinger（1919—2010），美国作家，著有《麦田里的守望者》等。
②　Philip Roth（1933— ），美国作家，著有《我嫁给了共产党人》等，曾两次获得美国全国图书奖。
③　Herman Melville（1819—1891），美国小说家，诗人，早年擅写航海生活，著有《白鲸》等，强调善恶一体，人间没有绝对的善恶。

她的到来，给昏暗的重症监护室走廊带来了耀眼光芒。

父亲听她说完了慰问的话，便掏出钱包拿了几张纸币给我。

"你们去吃点东西吧，吃好些。"

"要不要给你带便当回来？"

我问道。父亲微微摇了摇头，脸上满是疲惫和倦怠。

我带着女朋友沿走廊来到大厅的电梯前方。看不到父亲的身影了。

我对略微落后的女朋友说道："不好意思，咱们就像平时约会那样吧，别谈我妈妈的事了。"

她当时正用蓝手帕遮着双目，闻言不免露出纳闷的神情。

"要是你这样说的话……那好吧，我没问题。"

虽然我不确信我本人是不是没问题，但我笑着点了点头。我没有告诉她，自从母亲昏倒之后，我总觉得我的身体似乎离开地面十厘米，失魂飘着。

我们出了医院的玻璃大厅，走向车站。站台旁边是个巨大的车站大楼，我之前读的高中就挨着那个大楼，所以我很熟悉大楼里面的情况。

我们踏上检票口附近的扶梯时，她伸手握住了我的手。我们沉默着，就这样被扶梯送到了斜上方。

时装、化妆品、皮鞋、书籍、CD……

大楼内的店铺自然摆着任何一个车站大楼里都有的商品。这些商品素来不会吸引我的目光，哪知那一刻竟变得闪闪动人，显得极富魅力。

手写的价格标签、橱窗里的金银缎带、缜密算妥的光线角度，这一切都不再是推销用的点缀，而是要保证路人们赏心悦目的苦心。

　　我握着她的手，被扶梯一路送到楼上。大楼里的每一层都让我深深感动。

　　来到顶层的美食街之后，我突然泪流满面。

　　我们进了一家意大利餐厅。平时，我们只点意大利面，那天晚上却用父亲的钱增添了什锦开胃菜和米兰猪排，而且各点了一杯店家自酿的红酒。我们用一个借口碰了杯，可惜那借口事后就被我忘了。

　　落地窗的玻璃彼方，自然便是车站一带那绚烂的夜景。

　　那确实是一次快乐的约会，如梦似幻。

　　乘扶梯下到五楼时，我看到正对面是一家运动用品商店。白铁丝网构成的展架上挂满了各种跑鞋，其中一双鲜艳嫩绿的麂皮慢跑鞋被我一眼相中。当我把它拿到手里之后，摸着天鹅绒一样柔软的皮革，根本无法不把这双鞋带回家。

　　我让店员寻出适合我的尺码，换上了那双鞋，把穿来的旧鞋塞进纸袋。女朋友一直瞪着眼看着我，但我一句话都没说。

　　我们来到车站的检票口，分开了。我回到医院，只见父亲正躺在那张长椅上打瞌睡。

　　我把他摇晃醒，让他回家去休息。他抬头看着我。

　　"是不是有好事了？"

　　虽然实际上半点好事都没有，我却含笑点头。

望着弯腰驼背的父亲离开走廊，我又坐上了长椅的那个固定位置，伸了一个懒腰。

脚下是一双动人的嫩绿色慢跑鞋。

一双新鞋踩在灰色的瓷砖上，就像有光芒要从鞋子里冒出来似的。

我凝目紧盯白板上的数字。接下来的三天，我的脚上一直都是嫩绿色。

母亲在住进医院的第七天黎明时分断了呼吸。那个时候，她的额头和手足温暖如故。

我和父亲枯坐长椅的那一周之内，有三个数字从白板上被擦去了，分别是母亲的那个"58"和"65"、"1"。

旅行读本
旅する本

《旅行读本》的构想，来自阿根廷作家博尔赫斯的奇幻小说。我一直坚信，一个作家只要想出了这种名字，自然而然就会炮制出迷宫一样的小说。博尔赫斯的小说里面的书籍和图书馆真的是太富有魅力了，所以我打算有机会也写篇以一本书为主角的故事。这本书的故事将完全贴近每一位拿着它的读者的心境，而且会随着故事情节的推进，变幻出不同外貌。这本书在不再想使用它的读者手中旅行，就这样消磨了数千年的时间。这个构想诚然算不上匠心独运，实际动笔时却令我乐不思蜀。作家们总是千方百计奉献出各种题材的小说，然而有些人的理想没准儿并不是留下一百部大作，而是完成一个类似《旅行读本》这种直击性情、使读者觉醒的作品。畅销书固然喜人，却只有这样的作品才真正算是作家的追求。话说回来，我竟然从没写过有关剑和魔法的奇幻小说……等哪天有空了就好好写一部给大家看。

书当然不会知道自己出生的时间。

许久许久以前，似乎只是一些树叶被绑到一起，不知何时竟变成了由有字迹的纸张装订成的小册子。随着时代的前进，书不断变化，不断游走于人类的掌心之间，就这样度过了千百年的光阴。

目前，这本书是四六开的单行本，封面是铺满朝霞的青空，印刷油墨的下方隐隐似有光泽流动，其内容大概不到三百页。

这本书正躺在昏暗的地铁通道旁的一张长椅上。长椅平平无奇，书则默默照亮四周，盼望着有人出现。

上班早高峰将要结束的十一点前后，一个男人缓缓来到了这里。他失业足足有一年半了，这一天刚好去中介那里查询有没有单位要招聘中高年龄的员工。

再就业的机会几乎为零，随便一个招聘启事就有几十个人来应征。

十八个月来，他心头仅存的那点希望渐渐动摇。单位给的赔偿金就快花完了，他甚至听到了那希望被磨损时的动静。

男人随便一瞥，目光从脚尖挪到了长椅。

（这里竟然有本书！）

大概是被某人遗忘在这里的吧。

自从生活窘迫之后，男人便不再买书了。上班族步履匆匆，根本没人留意这本被丢在这里的书。男人坐到长椅上，拿着这本封面上铺满朝霞的书，随手翻阅。

最初的五六十页全是空白。

好怪的书。

然而，随着他继续翻阅，白纸上竟渐渐浮现出了文字。那感觉就像是迷雾缓缓散开。

莫非是眼睛刚才不中用了，误以为上面没印文字？他暗暗称奇，又翻了回去，果然瞧见了第一页上工整印着的第一行字。

男人闲来无事，打算利用下午的时间好好读读那本书。

故事的主角，是一个惨遭裁员的上班族，跟男人有着同样的境遇，每一个细节都引发了他的共鸣。

半小时、一小时、一小时半……男人全然忘我，持续阅读，甚至没察觉手里的书似乎变厚一倍。再这样看下去，恐怕会撞上下班的晚高峰。男人把书放进陈旧的公文包，搭上公交，准备回家后继续阅读。

接下来的几天里，男人生活在故事的世界之中。失业的主角屡败屡战，锲而不舍，最终寻得新的工作。整个故事高潮迭起，男人虽然连日闭门不出，脸上却充满这一年半来完全不曾出现的开朗神情。

心灰意冷的丈夫突然有了这种变化，男人的妻子自然又惊又喜。

星期一那天，男人穿上从洗衣店取回的白衬衫，系上新领带，一大早就出了家门。那本书就放在他带着的公文包里。

他觉得那故事拯救了他。那虚构的世界攫住了他，继而振奋了他的精神，促使他重新回到这个现实的世界。这是只有阅读这本书的人才会领略到的魔法。以后的人生中，男人兴许会再度遭逢苦痛，但他觉得这本书给了他足以承受那些苦痛的力量。

商业街的公园里，男人把书斜斜放到了秋千上面。不知为何，他就是觉得那本书正满怀期待邂逅新的主人。这种感觉，大概是来自那越来越淡，最终变成一片灰色的文字。

这本书让男人领悟了很宝贵的东西。从今天开始，他将回归求职者的队伍，而这本书将会由别人继续阅读。

男人离开秋千，又望了望秋千上放着的书。秋千木板上的油漆都剥落了。

他就此离开了商业街旁的公园。

（小饼干死了……）

背着书包的少年缓缓踏进公园，几度便要落泪。假山、攀爬架、跷跷板、秋千……平时最爱玩的器材，现下都成了没有意义的丑怪。

少年出生之后，有只迷你腊肠犬一直跟他形影不离，那便是小饼干。

以狗的寿命来说，十七岁的年龄不啻长命百岁，无奈少年就是不理解此事，更无法接受死亡。

会看到秋千上的那本书，大概便是泪眼模糊的结果。他看到那里有一抹柔和的光，不觉钻过栅栏，来到了秋千旁边。

他看了看书的封面。一大片迷蒙的绿色之中，走着一只白斑的灰色腊肠犬。

（竟然和小饼干一样！）

封面上的狗和死去的狗一模一样，这险些让少年欢呼出声。

少年拿起了那本书。那是一本需要横着看的长方形绘本，内容只有五十页，封面的硬壳却有些重量。少年拿得有些吃力。

他坐到了秋千上，翻开了别人留下的绘本。

绘本的内容，是一只狗的幸福一生。

年轻夫妻买了一只小狗，对之十分疼爱，完全不介意它的胆小和坏肠胃。而后，他们的长子出生了。那孩子和这只狗像兄弟一样亲近，晚上总是相拥而眠。

无数个春夏秋冬之后，狗和少年成了彼此间无法取代的好友。

然而，狗的寿命和人类是不一样的。狗的衰老比人类快好几倍。

总会有一天，少年不得不和狗诀别。

床的一隅，腊肠犬被少年抱在怀里，离开了世界。它的脸上带着满足的表情。

再见了，朋友，很高兴能跟你一起玩。

少年闷头看完整个故事，难以自拔，甚至没有察觉泪水都流了满面。

他只是一味寻思。

（这简直就是小饼干和我的故事，难道这本书是哪个人特意写给我的？）

少年用双手紧抱着薄薄的绘本，动身回家，打算晚饭前重看一次。那一天的傍晚，他又看了一次，而且临睡前又看了一次。

这样的生活持续了整整一周，失去小饼干的痛苦渐渐稀薄。

少年将一直被这本书打动下去，直到他和昔日那位活泼好动的朋友的声音重逢。

少年邂逅那本书的第二个星期天，他随父母去了一个露天咖啡厅。

这几天来，他不管去哪里都要带着那本书，所以封面略有些破旧了，书页的边角也有些磨损变黑。

宠物店送来新的小狗之后，一度让他爱不释手的绘本便不再重要了。

这次的硬毛迷你腊肠犬确实太可爱了。

一家人用餐完毕，准备离去。父母去柜台结账之际，少年抢先去了宽阔的林荫路。那是通向神社的参道，缓和的坡道两侧并列着山毛榉。

少年环顾四周，确认了没人瞧见，便努力踮起脚尖，把绘本轻轻放到好不容易才碰到的山毛榉树枝上。

深绿色的封面被嫩叶包裹，看上去风情独好。

树木的存在，似乎就是为了衬托这本书。

"小智，该走喽。"

听到母亲的呼唤，男孩掉头而去。跑了几米之后，他突然驻足回望。

（奇怪了，小饼干的绘本，封面怎么是那种颜色呀？）

微微晃动的树叶之间，是温暖的粉红色，犹如树叶缝隙间洒下的温暖阳光。

少年略一迟疑，便再度扭头离去。毕竟，星期天才刚开始。

男孩的身影遥遥消失，只剩下球鞋踩踏人行道的响动。

（如此一个大晴天，我竟然边走边哭，肯定会被人笑死……）

只是失恋罢了，用不着在大街上哭吧？这真是太可笑了。只可惜她虽然明白这点道理，却无法让撕裂的心头不再淌血。

对方是个不值得信赖的男人，但坏男人偏偏具有致命的魅力。恋爱便是如此讽刺。

年轻的女郎踏着长长的参道而来，回想着她犯下的一次又一次同样错误，一时真有些哭笑不得之感。

就是那个时候，她瞧见参道的树枝上有一本粉红色的书，就像是精品店里面那漂亮的点缀。

温馨的颜色让这位年轻女郎忍不住伸出了手。

阳光之下，她用噙着泪水的双目望向被翻开的书页。

洁白的纸上，文字跳跃。这个解开恋爱之谜的故事只属于她。

年轻女郎被这个故事吸引，读起了这本书。

完美的沙漏

完璧な砂時計……

这确确实实是我荣获某奖之后的首篇作品，货真价实。星期三得奖后，我利用周末写了这篇《完美的沙漏》。前段时间，我离奇受到电视台的邀请，去做了节目。为什么会是我呢？想来想去，大概是我不大会推却工作，又比较随和，所以大家比较敢向我开口。每次进摄影棚，我都无比钦佩主播大人对时间的精确把握。现场直播时，我听到戴着耳麦的工作人员询问需要几秒钟结尾，她读着手上的稿子，做了个"十五秒"的手势。哪怕我谈得有些前言不搭后语，她都将时间拿捏得恰到好处。最后的十五秒之内，访谈圆满结束。这无疑是一项特殊的本事。电视的世界的确奇妙，颇有些可以变成小说的题材。需要说明的是，我写的这位女主播并没有哪位现实中的主播充当原型。要是我当真碰见那样靓丽而且充满气场的异性，我大概会怕得要命，继而扑上去将她紧紧抱住，当场向她求婚吧。

推开那磨砂玻璃门，便会看到夜间的一片大海。

黑黝黝的海岸边灯火密布，犹如给深蓝色的东京湾嵌上了一道光环。对岸的光亮隐隐连成一线，望之若有若无。

天王洲大厦的顶楼，有一个酒吧。

此际，一个女人正坐在吧台前方。她那雪白的脖子上方，是一张清秀却冷漠的脸。

看到我之后，她木然的脸上闪现出一丝惊讶。

"哎呀，久违了。"

我好不容易才告别讨厌的会议和追随会议而来的冗宴，独自来这家酒吧消遣，结果就碰见了阔别年余的她。

按照那种俗烂的影视剧本，似这等浪漫相逢之后，无疑该展开一段故事。遗憾的是，我没有故事，而且根本就没对那种事抱有任何期待。

话虽如此，我到底是朝着钢琴吧台走去。钢琴吧台是烤漆的，就像镜子一样明净。

当好人真是件麻烦事……

"确实是呢，好久没看见你了，当然电视上除外。"

她是主播。有一段时间里，我向公司提议制作的商品卖得不错，老板要求我接受一些采访，所以我就跟她合作了一下。那大概是一年前的事情。

　　我们的第一次合作，是我去她的综艺节目里担当嘉宾，节目是白天播出的那种。另一次则是她来我们总公司的科研部门录像。节目播出之前，我们用电子邮件确认了一些细节。

　　她大概三十出头，是那种实力派的冷静女性，跟那些年轻的新主播大不一样。她非但不会利用流程上的失误和小口误来吐舌头装可爱，甚至都没有那些八卦媒体最喜闻乐见的花边消息。她总是脚踏实地完成工作，是后进中的栋梁之材。

　　"刚才跟同时期来台里上班的朋友来这里喝酒，但现下就剩我一个人啦。"

　　她望着吧台，若有所思。

　　吧台里面完全没有酒保的身影。店里没几个人，只有一对情侣围着窗畔的桌子坐着。

　　我轻轻坐上了她身旁的酒吧椅，以便第一时间抽身离去。

　　她的手腕上垂着一块古董劳力士表，玫瑰金的色泽显得有些阴沉。她手腕很细，所以那手表松松垂着。

　　"这块表呀，每星期都会再提前八十七秒，所以我根本就是拿来当个首饰。"

　　她说得挺郑重的。

　　之前的电子邮件里，她曾提到对时间很感兴趣。我对这件事隐约有些印象，所以这时才会留意她的手表。

"反正是工作用嘛，似乎算不上问题。"

闻言，她保持同一幅度缓缓摇头，仿佛是一个被调整到两拍的节拍器。

"对主播来说就是个问题了。一个好的主播，需要让身体彻底融合进时间的流动。要知道，我最重要的工作就是拿捏时间。"

我曾亲眼见证她在摄影棚里的工作状态，所以对此十分认同。不管哪位嘉宾的发言太长，甚至新闻的内容突变，她都会以亲切的笑容进行妥帖的总结，继而开启下一环节，而且这一切都跟预定的时间如出一辙。

兴许是她控制得太自然了，一直以来竟没人察觉她的这项独门绝学。

只听"咔嗒"一响，她把从脚旁皮包里掏出的某个东西放到了吧台上。

那是一个玻璃沙漏。漆黑的沙砾像有了生命一样落下，掉进下方等候着它们的空洞，形成了一座小山。

"想要准确理解三分钟的话，不妨拿这个练练。"

她的目光迎上了我的眼神。我的眼神像流沙陷落一样被吸了去。

我拿着停了下来的沙漏，说道："那就让我测测你对时间的感觉吧，看看到底精确到怎样的程度。"

她笑着点了点头，背后是一片夜色。

我把沙漏举到眼前，用手遮住。

"数到第一百八十秒的时候，要告诉我哦。要是你答对了，这顿我请客。"

坚持三分钟盯着流沙落下，这件事无疑非常吃力。那段时间里，她的手一直搭在吧台上，摆出一副深沉凝思的样子。最后一颗沙砾滑落之际——

她开口说道："到了。"

这当真难以置信。我看了一眼沙漏，那上面肯定没有任何玄虚。

"佩服，这顿我请了！但是，我想确认你确实不是瞎猜的，希望你再来一次。"

她含笑点头，又从皮包里取出一样东西，却是一块大大的跑表。

"这块表可以接到福岛地区的校正波，所以每天都会自动调到正确的时间。你不妨拿去跟沙漏搭个伴用。"

说罢，她嫣然一笑。这表情从电视节目里是绝对看不到的。一时间，眼前这个带着醉意的女人竟让我有些畏惧，就像有一只冷冰冰的手突然沿着我的背脊掠下，让我的背后竖起一整排鸡皮疙瘩。

颠倒沙漏之际，我按下了跑表的开关。

最后一颗黑粒贯穿瓶颈的瞬间，她跟上次一样准确开口。

我无暇去看跑表上的数字，立刻按下了停止键，这才把目光挪向跑表的液晶画面。

刚好一百八十秒！

而且，那个表示百分之一秒的位置上，赫然呈现着三个零。

我注视着沙漏和跑表，目瞪口呆。

只听她开口说道："这个沙漏是我用整整一天时间从工厂里挑出来的，我看了好几百个，真正准确的就只有这一个。"

玻璃里面的沙砾像黑烟一样凝聚着。

"你对时间的把握真是准确，怎么做到的？"

她从我手里抽走沙漏，对着我来回摇晃。

黑粒像液体一样上下波动。

"把流动的时间不断分解，分解得比玻璃内封存的沙砾更细，比百分之一秒的数位更小。如此用几年工夫练至极限，时间就会变成闪闪发光的透明粒子。"

我知道"光"这东西具有波动和粒子的双性格，却从来不曾听说时间同样是一种粒子，忍不住开口询问。

"就是说，你是默默计算着一颗颗的粒子？"

她郑重点头，说道："正是如此。一颗一颗地数。只要掌握了这种方法，想要正确把握住三分钟自然易如反掌，就像你可以随口说出今天是星期几一样。"

我本来就被工作弄得疲惫不堪，眼前这个女巫般的女子又让我思之生畏……我忍不住从口袋里掏出钱包，正打算离开酒吧，却察觉她正眯着眼睛瞧着我。

"你果然是没听懂嘛，这一次要听好哦。只要把时间彻底分解到粒子的状态，有趣的事情就会跟着出现。就让我给你开开眼吧。"

她拿着沙漏的手伸到了我的面前，缓缓上下翻转，同时开始呢喃。

"放松，放松，不要有杂念，要让你的心跟沙子流下来的速度一致。看着我的眼睛。"

话音未落，她便把沙漏举到了眉心前方。黑色的沙砾就从她的双眸之间滑下。

我怔怔注视着那漆黑双眸之间不断下滑的沙流，似乎听到了瀑布的隆隆之响。

那颗粒澄清而明澈，每一颗上面都附着某种影像。

嘶哑的嗓音遥遥传来——

"看仔细哦。"

我凝目望着那些粒子。宛如飘散着的尘埃一样的粒子，此时此刻竟像个成熟的果实一样，静止在我眼前。

那透明的球体里面，是数不清的我和她的影像。去年，我们隔桌对坐的摄影棚；酒吧里，我数完三分钟，她吐出"到了"的嘴型……

那浩瀚的影像里面，有好些我甚至都不曾见到。

我搂着她的肩，踏进夜色；我们躺在床上迎接黎明；我们因某事而争执时，她哭泣的侧脸；我们走在通往结婚公证处的人行道上。

她冷静的俏脸总是紧挨着我，总是计算出正确的时间。

我的鬓发渐白，身体萎缩了一圈。她依旧陪我凝视着时间的粒子。

深夜的酒吧里面，酒吧椅上我险些惊慌大呼。

"我真的不知道为何是你。当时间的粒子变成最小的单位之际，往昔、当下和未来的一切都会渐渐被包含进去。我和你注定会经历那样的人生，这是我们的宿命。我在等你。从很多年很多年以前，我就在等着你推开那扇门呢……"

看到人生最后那一幕的瞬间，我自然惊恐万分。我无法再注视那时间的粒子，而是伸手把那完美的沙漏从她额前拿开，颤抖着紧紧拥住她单薄的身体。

失业后的天空

無職の空

幻想小说和猎奇小说之后，来到了第四回合。这一次，我打算献上一则私小说。故事的主角，是而立之年的男人——阳司。而且这故事跟我本人的经历是有些像的。我也曾突然辞职，当时的情况就跟这小说里的完全一样。那个时候，我高调辞去工作，回到老家横滨，去元町买了件衣服，又在步行街上吃了蛋包饭。然后，我去了山下公园，坐在长椅上读完一部小说，继而舒舒服服睡了一个午觉。小说里的内容，其实都是来自真事。昨日的一切鲜活重现，形成了令人怀念而又愉悦的记忆。那之后的半年间，我一直是横滨的闲散人员。我没有工资，没有工作，只有充裕的时间。这年头盛行裁员，所以我不会倡导大家辞职，但这确实会让人充分体会到解脱的快感。我有四五次辞职的经历，次次都是冲着那一瞬间的解脱。而当时看的那本小说嘛，虽然我翻箱倒柜，却当真忘了到底是哪一本了。幸好这事情其实不大重要。书是不需要铭记一生的，行经了那段旅途之后，便不妨忘怀。

辞职之后的天空，何以突然开阔了呢？

田村阳司倚着车门，仰望着都市的天空。时近秋末，晴空万里，一片云都没有。太阳的光芒丝丝凝聚，斜斜劈空而至。

他一直都很喜欢观察地面上的各种建筑，这次却不知为何一直凝望蓝天。

车身带来的摇摇晃晃的感觉和行经轨道结合点时的震动感，尤其让他觉得舒服。他很兴奋。

正午之后的东海道线列车上，近半座位都空着。车厢里站着的人，只有阳司和一对情侣。

今早晚五十分钟抵达公司的时候，何曾想到接下来竟会辞职？他都在那家公司上了三年班了，算是他有史以来最长久的一份工作。

从大学毕业之后，阳司先后投奔了好几个文字工作室。虽然他上学时的成绩一般，阅读量倒是不小，码字更是手到擒来。这便是他谋求这份工作的理由。

直到进了第一个工作室，他才明白这种小地方根本容不下优秀的人。出众者只会更早离去，不是换个条件更棒的单位，就是去当个前途无量的自由撰稿人。那些选择留下的人，年龄和才干其实都有问题，没希望实现以上两点。

阳司的顶头上司是曾根主编。此人五十许间，经历了中年发福，而且略微有些驼背。他总是窝着身子默默伏案，却无法提出让人眼前一亮的方案，文章更是索然无味。尤其糟糕的是，他不具备领导别人的本事。他跟出版社和宣传公司之间的关系，根本不像大家想象中那样好。他待人生疏，又缺乏坚毅，哪里有半点值得学习的优点？更何况他性格阴暗，总是冒出些让同事们茫然失措的嘲讽，结果直接激怒了合作伙伴，促使好几个公司对他关上了大门。

从这个角度来讲，阳司堪称曾根小组的精神领袖。若曾根有事离开，便由他负责组织大家开会。他总是准时准点让会议圆满结束。主编缺席之际，会议不但可以早早结束，而且可以讨论出理想方案。久而久之，阳司以下的年轻同事自然都喜欢挑曾根离开的时间来开会了。

会议的水平总是由最低水平的出席者来决定，这诚然匪夷所思，却是不争的事实。万一这个人不幸正是主编大人，会议就会持续三四小时而一直没有结论。

所谓"工作"的概念，不光包括提出可行的方案和组织稿件，更包括忍受和职务无关的痛苦，而且那些琐事往往会占据挺大的比重。

阳司从社会中学到的第一件事，便是明白了那竟然是职场常态。

辞职的引子是年底奖金。曾根给阳司的评定是 D 等——最低等级。

阳司在走廊上碰见了另一个小组的主编，对方把这件事偷偷告诉了他。

"跟着那个老东西是没前途的，你想想看，不如调到我手下来吧？"

这位主编是公认的实力派人士，可惜阳司根本没情绪听他说这些话了。他径直冲到曾根的办公桌前方，狠狠质问他给出评定的依据。

曾根不敢直面阳司，低着头含糊以对。

阳司觉得跟这种男人讲话只会浪费口舌，索性一扭头跑去了社长的办公室。

就像是故意安排的一样，屋里有人。成天出去拉赞助的社长竟然来公司了。

阳司向社长解释了一番，社长默默听着，似乎有些走神。阳司希望社长去询问曾根，弄清楚他为何会给出那样的评定，哪知社长却一摇脑袋，露出不耐烦的神情。

阳司登时被激怒了。

"算了，谢谢您平时的照顾，我不想干了！明后天里，我会把辞呈和健康保险证一齐寄到这里来的。"

他扭头离开了社长办公室，看都不再看张大嘴巴的社长一眼。走廊里站满了跟他一个小组的年轻员工。他们惊闻异变，立刻来到这里等他。有几个女孩子甚至哭了出来。

"田村老师，您真要辞职？"

川原助理的话音里充满忧虑。然而阳司打定了主意，反倒表现得非常轻松。

"没错，我辞职啦。我一秒钟都不想再待下去了，能否麻烦你帮个忙，把我的东西装个箱子？下星期六，我会来这里取的。"

阳司回到办公室，拿上早晨时一路背来的背包，径直出了公司大门。曾根像平时一样驼背盯着办公桌，根本不敢抬头看他。从明天开始，他不会再看到这个男的了。

早就该辞职了，何以竟一直拖到现下？

阳司寻思着这个问题，颇有些后悔之感。

他经由东海道线来到横滨车站，去另一个月台换乘了根岸线。这种时间，列车里自然罕有人影。

阳司下车的地方是石川町。斜前方便是他的单身公寓，但他无所事事，索性去了相反的海港方向。

推算时间，大家的午餐正好该结束了。去元町的路上，有几个系着领带的上班族正忙着飘回公司，看上去就跟水母一样。

爽朗的阳光将蜿蜒蛇行的石板路照得暖洋洋的。

阳司去了几家放假时常去的品牌店。到底是工作日的正午，繁华的元町完全失去了游客的洪流，让人觉得闲适自得。阳司来到一家新开张的男装商店，看上了一条芥末黄的喀什米尔羊毛围巾。

围巾的手感甚佳，只是两万日元的价格委实太高。阳司的银行卡里剩下的额度，只足以维持半年生活。然而，他到底是买下了那条围巾。

这是无官一身轻的留念。

接下来的几星期，他无意求职，打算好好享受一下这闲散的时光。

自打踏进社会，阳司就懂得了一件事——日本这个国家根本不支持放假和休息，除非你毅然辞职。

围巾是这份自由的念想，所以万万不宜吝啬。

他戴着围巾，沿着商业街的石板路继续前行。

餐具店、家具店、皮包店、食品店……这条装饰得充满异国风情的街道，不知不觉便走到了头。

阳司这才惊觉，他尚未吃午餐呢。所以他便进了元町的购物中心，随一群主妇登上扶梯，去了二楼里最熟悉的西餐厅。这家餐厅的半冰沙司历史悠久，味道醇厚爽口，极度好吃。

午餐时间早结束了，人潮堪堪散尽。他挨着吧台坐下，要了份蛋包饭，又从皮包里拿出一本小说。

那是从西方引进的推理小说，舞台是西雅图。亚洲的黑帮分子和西雅图本地的黑帮交恶，进行了一番报复性的厮杀。故事的主角是一名刑警，他哥哥被本地的黑帮杀害。

这是一本精彩的冒险小说，开枪射击的镜头之数量足以和对话相比。

阳司很喜欢这本小说。

烦闷之际，谁会有闲工夫去阅读那种探讨人生苦恼的高端文学啊？只有紧张激烈的小说才会让人放松。如此说来，那些只适合平常没事时阅读的文学作品，是不是本身就有点问题……

阳司如此寻思着，翻开了那本小说。

蛋包饭味道不错。他把半熟的蛋皮、鸡肉、米饭和半冰沙司搅了一搅，用勺子一团团送进嘴里。冰咖啡的滋味也挺好的。

阳司吃完了饭，回到路上，从人偶博物馆前方的天桥来到山下公园。

天太晴了，搞得他有些出汗。他松开脖子上的围巾，使之悬垂到夹克的衣襟之前。

他来到海边，挑了个正对着"冰川丸"（游轮）的长椅，再度开始阅读。

除非有暴风雨突然降临，否则这里的海风便不会夹杂海水的味道。

他看了五十页、一百页……

太阳渐渐落山。他觉得眼睛有些累了，索性便往长椅上面一躺，把小说打开盖到脸上。

迎着海风、听着海浪睡午觉，正是他的习惯之一。

他不知睡了多久才醒，反正醒来后神采奕奕。天很亮。他瞅瞅手表，想不到仅仅是三十分钟。

不久前辞职的事情恍如遥远往昔。

有没有工作都一样，阳司不觉得这是件大事。

只要有秋日、长椅和喜欢的小说，那就行了。

阳司喊住推着自行车的小贩，买了个冰激凌，而后继续闷头阅读小说。

天黑之前，估计足以看完。

手里的小说，只剩下高潮以后内容的三分之二。

银纸星

銀紙の星……

我时不时就想搞点自闭方面的题材，而实际动手算算该有三四次了。我坚信自闭是我们这时代独有的病，一如日本隔三岔五搞学运时经常出现的暴力内讧——那是正义感膨胀和人际关系复杂的时代所独有的病。二十年来，冷漠的人际关系和对重塑世界的绝望让世人纷纷闭门谢客。上学的时候，我曾对别人患有轻度的恐惧症，几乎总是半自闭的状态，故而对这种思绪简直熟悉到家。一旦开始自闭，眼睛里的人类就会随之扭曲。片刻前兀自觉得众人都很善良，下一刻却又对他们无比厌烦，甚至觉得这世界冰冷、残酷，全无我这种人的立锥之地。实际上，这都只是我脑袋里的幻境罢了。我们总是喜欢把恐惧感投射到别人身上，当我们看待别人和看待社会的时候，眼中的实是自我。有朝一日，相信你会跟我一样实现对这种自我的突破。

大三的冬日，他把身心都关进了这个房间。

房间是不规则的七边形。

事情的开端，是他从商店里买回了一张塑胶壁纸。壁纸上的图案是夜空。

他把这"夜空"贴到了窗玻璃上。

他的房间刚好占据了公寓的一隅，紧挨着楼下的大街。从南侧射来的阳光整整一天都非常刺眼。

他很满意壁纸带来的效果。如此一来，窗外便将是永恒的夜。

虽然连晚餐的时间都远远不到，他却早就躺在了床上。只要想睡，他就可以闷头睡好久好久。他就这样开始了隐士的生活，每天都要睡上个十八小时。

偶尔醒来的时候，他便会茫然望向"夜空"。

第一个星期里，父母根本没把他的隔离当回事。他是家中独子，生性孤僻，平时总会默默沉溺于兴趣和爱好之中。他的成绩出众，脑袋和品位亦佳，所以这大概只是短暂的青春期忧郁。时候长了，他自然会主动把门打开……

让二老想不到的是，直到月余之后，公寓里的那扇房门都没有打开。

雪白的房门，看上去崭新如故。

父亲有工作要忙，只好由母亲去劝他。坐垫上两鬓日渐斑白的母亲，隔着薄薄的门，徐徐念叨着跟他有关的往事。

自打呱呱坠地的那一刻开始，他可爱的脸蛋就特别引人注目；他身体孱弱，上幼儿园的时候经常感冒；读小学的时候，他是出了名的聪明和开朗……

母亲知道第一次给他送情人节巧克力的同学的名字，由此自然而然将话题进行到他的高中。他第一次交往的人，是体操社团的副社长。

他守着那扇白门坐着，静静听母亲讲话。

两小时后，话题碰触了他的未来。

闭门不出根本无法解决任何现实问题。他总有一天会踏进社会，寻一份足以维持生存的工作。

人生的路，父母无法陪儿女到头。所以才有"教育"一说。

教育就是对儿女的培养，是让儿女足以独自生活下去的保证。

他当然懂得母亲说的都是实话，而且满溢母爱。他很感谢父母。再这样封闭下去，只会跟那些开始积极求职的大学同窗日益脱离。

他当然满怀焦虑，无奈身体竟不肯一动。他无法伸手打开白门上的锁，甚至无法答复母亲那惊喜的欢呼。

接下来的一小时，他听着母亲的啜泣，眼眶几次红了，却到底不曾流下一滴眼泪。

天暗了，母亲离开了门，去准备晚餐。他只觉得整个人都虚脱了，挣扎着爬回床上，足足昏睡了十八小时，而且没有迎来梦境。

他持续了三个月的狂睡状态，而且时间一天比一天长。到后来，他每天只有将近两小时下地活动。只有到了黎明，他才会轻轻从房内出来，洗澡、用餐，而后回去。

随着他的自我封闭，父母的目光渐渐变得骇人，让他无从面对。每一个早晨，他都像是用生命搏击，直到他叹息着回到布满朝霞的房内，将门锁好，才会有如释重负之感。

不知从何时开始，他获得了沉睡之前的小惊喜，那便是电视节目。他喜欢清晨时播放的大自然画面，喜欢得知白天的最高和最低温度。

狂睡之后，自然便是失眠。

这失眠来自某种强迫性的举止，跟先前的狂睡不是同一缘由。他查了一些基础的心理学著作，搞明白这症状其实很常见。然而，他就是不想动。

是他的潜意识希望他守着这房间吧。

他想把室内弄得更舒适些，所以开始整理东西。他把书架上的数百册书籍分门别类，先按照作家名的顺序排了一番，再悉数按照出版社的名字重排，接着则是按照出版日期的先后和价格的高低。

这些事帮他消磨了十三小时，但是他不想就此收手。他按照厚度（页数）又排了一次，然后按照最后一页是奇是偶（这个相对简单，所以三十分钟就结束了）、正文第一个字的读音顺序、用字母表示作者名字时的 ABC 顺序、ISBN 那十位数总和的大小、封面设计师姓名的读音……

各种各样的排序方法，平时根本都想不到，让他觉得又从这些书籍身上获得了新的乐趣。

从动手排序开始计算的第二十七小时——用书名接龙的方法排序到快一半的时候，他突然一头睡去。

以数量而论，他房间里的唱片足以和书籍分庭抗礼。拿书籍排序了一个月之后，他又排了一个月的唱片。第三个月，他开始注重书籍和光盘之间的联系，摸索出各种组合套路，结果又成功解决了三个月的光阴。

他是个大学生，房间只有三坪大小。房间内放有冬夏两季的衣服，亦有学习用品、简易电器和他特意收集的汽车玩具。他把这一切都重新排序，就这样消磨了接下来的半年。

半年以来，大学的同窗几乎都确立了各自的出路，充分享受着仅余的校园生活。而他却忙着把衣服的标签写到本子上，按照合成纤维含量的百分比来完成排序。

想要弄出最适合身体的聚酯纤维，就要从天然材质开始一点点增加比重。

这一下子，他想到了新的排列书籍的办法。

——对，就根据文体和材质的自然度来排序吧！

要完成这件事，首先就要重读所有的书。无妨，反正这屋子里有的是时间。

他早就察觉时间会在这屋里凝固。时间一旦静止，自然就不会再有时效性的问题。

他穿上纯棉的衬衫和长裤，又套上一件纯羊毛的毛衣——其中百分之四十是安哥拉羊的羊毛，继而拿起他印象里最具自然风情的文学作品。那部作品讲的是西伯利亚虎。

他就这样读了三本书，大概中午后沉沉睡去。

恍惚之中，他看到了一大片蓝色的天鹅绒。天鹅绒上，星光熹微。

星星闪着银光。

看到那星光的瞬间，怀念、眷恋的情绪充斥了他的全身。

他哭着醒来，呆呆望向窗玻璃上贴着的壁纸。

不但那"夜空"有些褪色，包括星星的璀璨都不比梦中。

这房间里的每个角落，都按他的喜好而重新排了序，无奈就是缺乏那颗美得让人怦然心动的星。

大概是突然醒来的缘故，他呼吸急促，心脏剧烈跳动，却忍不住开始深深寻思。

他决意寻到那颗星星，只因他确信那正是他的启明星。

他喜欢荣格和弗洛伊德的心理学理论，有着年轻人特有的天真。虽然那两个人的心理学都很难理解，然而喜欢就是喜欢，这跟学说的正误和是否具有临床效用全然无关。

总之，从那天开始，他踏上了寻觅星星的路。

他首先打开了窗上的锁。那把锁足足有一年没开启了。

他用上全身的劲儿，总算将手柄转了个一百八十度。他没有完全打开铝窗，仅仅将之开启了三十秒，跟着便再度锁上。

那段时间里，他甚至都不曾呼吸，满脸憋得通红。

接下来，就是挑战四十五秒的时刻。

他看着手表，再度伸手和铝窗接触。

如此一星期后，只要他醒着，就会让铝窗的锁保持开启状态。

一星期后的第三天，他彻底打开了铝窗。前两天的铝窗沉得要死，仿佛被强力胶粘得结结实实，根本无法打开，因而他唯有放弃。

那天有点冷，从早晨就开始下雨。他好不容易才把铝窗推出三厘米的缝隙。风吹了进来，吹到他的鼻尖，吹进他的心窝。

明明是阴冷的腊月，那阵风却惊人柔和，生动无比。

他有一整年没被风吹了，此时忍不住从窗缝里望了望灰灰的天空，做了一次深呼吸，然后又立刻扣上铝窗，就好像这气体只要多吸一口便会离死亡更近一步。

一周之后，他开窗的时间渐渐增加。不管窗外如何寒冷，他都不当回事。只要醒着，他就会穿上保暖的外套，站到敞开的窗前。

纵然是晴朗的日子，都市的天都阴得像是抹了层灰。数不清的大楼和民宅屋顶纷纷耸向天际，遮盖住了地平线。

大街的上方犹如扣着一个拱形的顶，其下方的每一个人都有各自要去的地方。熙熙攘攘。所有人都直直望向前方，没人留意从高楼上俯视地面的他。

他有一年时间没看到同龄的异性了，这时不免有一阵刻骨的痛。

接下来的星期一，商业街被圣诞歌占据了。

他穿上百分之百的聚酯纤维外套，凭窗眺望冬日的晴空。

不经意间，他瞧见对面一个面包店的门口摆着棵圣诞树。几乎跟人一样高的圣诞树的顶端，是一颗用银纸制作的星星。

星星的后方，是深蓝色的海报。

点点亮光闪烁，恰如他梦中的星星一般！

他紧紧握住一年来不曾使用的钱包，靠近了那扇白色的门，以便近距离好好看看那颗星。

孤独的世界

ひとりぼっちの世界…

下面这故事确有其事，我真的曾经去横滨跟一个女人同居，只是当时没有小说里那样洒脱罢了，而且我调整了她的大量对白。依我看来，小说这东西最讨人喜欢的地方，正是可以随意虚构。我们当年分手时的情景，基本上跟接下来的叙述符合。现下想来，那时的我尚未投身创作，搞不好真是命中注定要当作家。分手的那天夜里，我反复感慨白天的事情真是悲摧到家，立志日后要以之充当小说题材，而且完全不觉得这想法有何不对……倘若我不是作家的话，根本就跟疯子一样嘛。我在横滨的房子在一个小山丘上，离JR的石川町站只有十分钟路程。休假的日子里，我经常溜达到附近的洋人公墓和山丘公园，从那个公园里遥望海港。长久以来，只要看到舞台是横滨的小说，我就会忍不住翻上一翻。我甚至打算以后去横滨租个小公寓充当秘密据点，地址和电话绝对保密。横滨的生活节奏比东京要和缓一些，所以我一直都很喜欢那里。

半夜十一点，分手会谈拉开序幕，

她一进家门就狠狠盯着我看，说是有话要讲，让我去餐桌前面坐好。

她没有脱下大衣，脖子上甚至绕着围巾，仿佛要借此抵御来自外界的伤害。我当时刚洗完澡，头发都没干呢，睡衣上只随便套了件旧毛衣。

"我觉得我们没办法共同生活了。"

她俏脸煞白，双手按着膝盖，正襟危坐，就跟某些人拍照片时的姿势一样。

我大感震惊，一时说不出话来。

"你是个好人，工作努力，脑袋好使，包括洗衣做菜和打扫卫生都比我强。而且，你是我认识的最会打网球的人。我第一次碰见你时说的那句话，一直都不会动摇。"

我们都同居两年了，她却突然说出这番话来，我不禁怔住，只觉得胸腔里的东西全都被人掏空——不是脑袋里，是身体里。

身体里仿佛空了。

我勉强开口说道："我都忘了你当时说的话了。"

她黯然一笑。这一刻的她是如此之美，我从不曾觉得她如此之美。

"那个时候呀，我说你超凡脱俗。其实不光如此，你这个人温柔、体贴、敏感、踏实，就算做爱都是最棒的……"

我瞧着她，想开个玩笑打破这尴尬，无奈她神情郑重。

"谢谢你的赞许。然而，你打算跟这个最棒的人分手了？"

她笑着点头，眼眶里隐隐闪着泪光。

"是啊，是的。"

我成功禁受住了最突然的冲击。接下来，我要问问我最想知道的事情。

"理由呢？"

我的嗓音微微有些嘶哑。

她缓缓摇头，强迫她的俏脸挤出一个笑容。她用手捂着眼角，无奈那晶莹的泪珠到底坠到了她的围巾上。泪水以圆圆的形状坚持片刻，便融进了围巾之中。

"不管咱们再怎样生活下去，你的孤独也是不会变的。我本来觉得我早晚有一天会打破壁垒，带你出来……我相信我不笨，而且我很爱你，所以我坚信有一天会把你带进外面的世界。我太高估……"

我听不懂她说的内容。我在工作上比别的同事都出色，而且和朋友们都很说得来。虽然我最近有些烦躁，回家总是比较晚，但是我和她之间一直保持着快乐的生活。总之，我们的生活是没问题的。我甚至觉得我们将会结婚。

她当然懂得我脸上的神情。

只听她接着说道："你去上班不是冲着工资和地位，只是想要一个人待着罢了，所以你总是工作得非常无奈。然而，就算你上班根本不大认真，总归是将工作做得比别人强。只要表现得让别人无话可说，就没意思继续下去了。对你来说，工作就是这样无所谓的事情。"

正如她说的那样，我从来就不觉得工作重要。不管怎样重要的会议和汇报，我都能轻松面对，只因我根本就不觉得那些事值得重视。

我保持沉默。

"不光是工作……你的温柔而仔细，其实只是来自你想跟别人保持距离的念头。对方一靠近你，你就特别敏感。你天生就跟别人不同，有时表现得很合群，有时又像个冷漠的智者。不光是工作的时候如此，你跟朋友的交往……"

她轻柔的话音犹如呢喃。话音突然一滞，她深呼吸了一下。

"就算你的恋爱都是……我问了几个同性朋友，她们都不支持我。大家都觉得我不用跟你分手，都觉得我没理由离开你。然而，你总是利用你的天赋悄悄筑墙，把自己和别人隔离。我们这两年来固然经历了愉快的时光，比如一同去旅行，相互给对方买礼物。我家人对你的印象更是好得出奇。但是，我忍不下去了。就算我们牵着手，就算深夜里相拥而眠，你总是一个人孤零零的。我没有那种坚毅，没办法继续陪伴孤独的你。以后，我想和真正需要我的人……"

她的泪水不比她的话语少。眼泪很容易传染，不知不觉，我跟着她哭了。

　　我一句话都说不出来。她的这番话确实正中了我的胸口。蕴含着真相的话语，总是会让人恐慌。

　　她流着泪，又露出微笑。

　　"我永远都不会讨厌你。就算以后跟别人生活，恐怕都会忍不住拿那个人来跟你比，甚至会后悔我此刻的决定……这是不是很可笑？"

　　她哭得更厉害了。

　　我陪着她哭，同时不断点头。

　　她是认真的。她一旦有了决定，就不会被别人拦阻。任何人都无法撼动她分手的念头了。同样，我是不会放弃我的生活习惯的。我用了将近三十年的工夫才适应这个世界。无论如何，我不觉得这世界让人舒服。

　　"唉，真是很遗憾呢……"

　　她抬头看着我。

　　"遗憾？"

　　"我一直觉得我们会不离不弃，觉得我总有一天会成功，觉得你总有一天会高高兴兴地陪着我。我一直希望有一天我会嫁给你。"

　　她一直没有脱下大衣，就那样哭泣着伸出了手。我握住了她的手。

　　指尖冰冷。

她凝望着我的眼睛，说道："我很希望有一天当上你的新娘，但我早就知道这是没希望的事情。但是，我相信你早晚会取得出人意料的成功。你生下来就跟别人不一样，你对自然而然接受的东西没有兴趣，就算别人拿再好的东西给你，你都会不屑一顾，全部丢掉。你对一切都没有兴趣，除了你真正想要的东西。你就是这样的人。"

　　说到这里，她再度轻轻微笑。

　　"很遗憾，你想要的东西之中不包括我。我只剩一个问题了——你真的喜欢我？"

　　再怎样亲密的两人之间，总归是有不该询问的问题。我无法立刻答复。

　　她握住了我的手，默默等待着结果。

　　"我喜欢你，但我缺乏你想要的那种表达。实际上，我确实不懂得如何用大家都知道的方法来喜欢一个人。"

　　她又一次笑了。

　　"你不用勉强回答我。我从来没感受到你的爱，但是我很爱你，所以，我没有后悔。"

　　"但你坚持要跟我分手。"

　　"是的，跟你分手以后，我想我会后悔的。"

　　我离开了椅子，绕到她背后，紧紧抱住了坐着的她。

　　日出后明明要去上班，我们那晚却聊往事聊到凌晨四点。往昔的时光不断涌现，一个接着一个。

　　接受分手之后，一切平淡的事情都重现了旧日的璀璨光芒。

第二天早晨，我陪她去了车站，然后打电话向公司请假。

我整整一天都游荡在横滨的街头，时而哭，时而笑。

从那时算来快有十五年了，我想用这篇掌心小说来确认青春的结束。我不知为何开始了创作，我的书被莫名其妙地摆进了书店，我很希望这文字不是我筑的另一面墙，但是我又不大确定。

和我分手之后，她嫁给了别的男人，后来又离了婚。我们一直是好朋友，她说她没准儿会跟一位青梅竹马的朋友再婚。我祝愿她获得幸福。

因为，她值得。

女服务员的天赋

ウエイトレスの天才……

对小说的创作而言，有奇怪天赋之人总是会大放异彩。话说回来，天才的种类简直数都数不清楚——我指的是莫扎特、兰波①这一类人。这足以说明才华的种类是很丰富的，行行出状元，很难一概而论。以我个人的看法，哪怕饭店侍者、擦烟囱的，甚至给人掏耳朵这种行业里都暗藏着数不清的天才。我们这个不大完美又常掉链子的地球得以持续运转，正是他们这些人努力的结果。当然啦，跟那种浪漫而又悲剧的才华相比，我更喜欢下面这故事里那种造福人类的才华。不管谁都没胆子去莫扎特跟前哼歌，而兰波若突然从键盘后面探出脑袋，这种惊悚感就更糟糕了。故事里的女服务员确有其人，是我一位撰稿人朋友的妹妹。我们出去喝酒的时候，他哈哈大笑，给我讲了她妹妹的故事。我跟他妹妹完全不认识，自然不清楚她看了这故事之后的感想。啊，说到这个，真是有些忧虑……

---

① Arthur Rimbaud（1854—1891），法国诗人，超现实主义诗歌流派的开启者，据说曾遭遇巴黎公社士兵的性侵害，一生奇装异服，打扮得令人不忍卒睹。

两年前的冬天，我碰见了这位天赋异禀的女服务员。

　　那天，我跟合作者踏进了神乐坂后方小巷内的一家小餐馆。餐馆的样子就跟山中小屋似的，一看就不觉得高档，估计也不会有什么别致的菜肴。

　　餐馆里几乎没有客人，除了我们只有另一桌。说来真是奇怪，只要一闻味道，就确信对方是出版业的同行了。

　　我们一行四人要了生啤酒和几样小菜，又点了些主菜。服务员是个圆脸女孩，身体（尤其上半身）非常丰满，穿着白丝袜的双腿直挺而结实，颇有几分异国酒吧女招待的感觉。

　　她那球一样的身体上插着木棍般的手足，动作缓慢，悠然往来店内。

　　我们总共要了七八样菜。编辑都是任性的，所以我们对菜的味道有独特要求。

　　她笑盈盈听着我们点菜，而后便去了厨房，甚至没再跟我们核对一下。

　　我们当时都没留意她，扫清了端上来的食物，便开始八卦出版界的消息。

东京这种地方，天天晚上都会有几十场编辑和作家之间的商讨。

那部作品后来取得了不错的成就，颇让我沾沾自喜。因之，我们一年后抱着讨论新作品的目的，又踏进了那家餐馆。我对高档餐厅一贯敬而远之，只因我喜欢那些轻松自如的地方。那家餐馆虽然貌不惊人，服务和味道却都足以让我满意。

女服务员把我们领到了一年前的那张桌子。

我们这次来得比较早，所以餐馆里看不见其余客人的身影。

她开口问道："四杯生啤酒？"

"对。"我们几个人陆续打开菜单，"点菜啦，要点哪个才好呢……"

正犹豫间，又听到她说话了。

"去年冬天，你们点了烤羊肉串、鳗鱼意大利面、炸海鲜和苏格兰蛋。"

一个编辑登时惊讶得双目浑圆。

"这你都知道？那……我们上次要的沙拉呢？"

"鱼卵沙拉、荤菇沙拉配日式沙拉酱，而这位先生嘛……"她看着我，轻轻一笑，"要求把炸海鲜里面的鲜贝换成牡蛎。"

大家一阵哗然。

我赞许道："你真是一清二楚呢。"

她红着脸，点了点头。她没搽腮红，更没有得意扬扬。她的两颊本来就是健康的玫瑰色。

另一位编辑问道："那你对客人的脸和名字有没有印象？"

她摇了摇胖乎乎的头。

"哪里会那样夸张呀，我不会忘的只是客人们点的菜和他们对味道的评价。我不会特别留意这些事，但如果一个客人对味道不满，比如没有吃完，我自然而然就会有挺深的印象。"

听到这里，我立刻萌生了采访她的念头。

适合小说的有趣题材永远不会来自生僻的文献，而是来自日常生活中的凡人。

我问道："你在这家店多长时间了？"

"快两年半了。"

编辑讶道："两年半？所有客人点的东西，你都有印象？"

年轻的女服务员淡然点头。

我觉得这真是匪夷所思，不觉问道："比如说一天有五十个客人，一人点两样菜，那就是一百种啊。就算你一年只上两百天的班，两年半都有五百天了……那就是五万样菜啊，你全有印象？都不用便签之类的东西？"

女服务员突然道歉离去，回来时拿了四大杯生啤酒。

她的胳膊很粗，富有弹性。年轻女子往往会自嫌胳膊太粗，不懂得健壮其实比干巴巴更吸引人。

"不是像电话簿那样排序记住啦，要说那感觉嘛，倒像是把客人和点菜的卡片随便放进抽屉。"

又一位编辑问道："就是说，没有什么独特的记忆法？"

"是的，只要有客人进来，我脑袋里就会自动冒出他以前点的菜，包括他最爱吃的是哪个。就像影片的快镜头一样。"

"你真厉害，这是好几千人的资料呢！"

我大感钦佩。

"不……这个，不值一提啦。"

"我很想采访你。我是小说作家，所以对别人的事情非常好奇。你的故事对我的工作大概会有帮助。我可以请你吃你喜欢的东西，好不好？"

她对"采访"二字置若罔闻，听到可以吃到想吃的东西时却笑了出来。

我懂得机不可失，立刻问道："你现在想吃什么？"

她第一时间答道："鸡。"

大家都笑了。

她说那个"鸡"字的时候，口水都快要垂下来了。然而，她的话音不卑不亢，让人明白这是正常的欲念。

我笑道："那就这样说好了，我回去就挑一家美味土鸡店。"

下个周末，我们来到惠比寿的餐厅碰面。这里的土鸡是用石窑慢火烤就的，非常有名。她自称饭量惊人，所以我便要了一整只鸡。

桌上的烤鸡皮酥里嫩，肉质像生鱼片一样富有光泽。

我持刀欲动，她拦下了我，说这事不如由她来做。

她用餐刀麻利地切开了烤鸡，犹如常年研究开颅手术的医生。鸡胸、鸡大腿和塞在鸡腹里的饭粒被整整齐齐分到了三个盘子上。

我向她道了谢，开始吃饭。

我很喜欢吃这种肉汁烩饭。这些米粒本来就被高汤泡过，后来又吸收了鸡油，而且似乎带有迷迭香和白牛肝菌的芬芳，十足美味。

她吃烤鸡的速度是我的两倍。

"你食欲真好。"

"是啊，我最贪吃了。一般人怀旧的话，总会说小时候去了迪斯尼乐园，要不然就是大人给买了各种玩具吧……"

我点点头，眼看着她把橄榄球一样大的烤鸡吃完了一半。

这食量真让人轻松适意。

"然而，我有印象的，只是去哪里吃了什么东西。上小学的时候，我第一次吃到了菠菜牡蛎烩饭；初二的时候尝到了丁骨牛排；高中第一次约会时吃的是白酱披萨……这些美味真是记忆犹新。"

她边说边拿起了鸡腿，用门牙把鸡肉撕了下来。

鸡腿骨有些透明，我隐约看到了血红的骨髓。

"失礼啦。"她猛一使劲，只听"啪"的一响，鸡腿骨便被掰折了，"骨髓是很好吃的东西呢。"

她含笑看着我，把骨头凑到唇边，嘬吮着骨骼的精华，沉浸其中。

我深深感到，她享受着美味的同时，也把这快乐传递给了别人。

"再点些别的吧？"

我觉得非常幸福，又让服务员拿来了菜单。

0.03mm

003mm

这次真是不幸，给另一本杂志交稿的日子就要到了，导致我没太想着这个。无比的烦躁之中，时间渐渐消逝，截稿的日子一天天临近了。转念一想，何不利用这份焦躁来充当创作的主题呢？不错，美国摇滚歌手邦乔维的曲子里，就有一首是讲述人妻和情夫"忙碌"之际，丈夫回家来了。那首《下地狱》的前奏是用吉他弹的，手法很棒。干脆就用那种感觉来解决这十页稿纸吧！就这样，我赶鸭子上架，循环听着那首曲子，完成了这次的掌心小说。若是那种一切都要看读者的杂志，自然没有这样做的余地。无论如何，我真是充分享受了创作掌心小说的乐趣。顺便说一句，收录那首曲子的《昨日》是一张很帅的碟，"池袋西口公园"系列的《骨音》正是从那张唱片的主打歌获得灵感；而《幽灵旅行车》这名字则来自民谣大师沃伦·泽方的作品。总之，我的小说一直跟音乐挺契合的。

老旧的团地①里面有一家便利店，那便是良之打工的地方。

这家店全天营业，荧光灯却不是很亮。这片住宅区足足有三十年的屋龄了，而这家店就像是那里面的灯塔。

良之打工的时间，是晚上十一点到次日清晨五点，共六小时。

那是一个不冷不热的春夜，半夜两点之后，那个女子来了。

一般来说，深夜前来的客人不是学生就是上班族，而且都是男性。

看模样，那女子似乎是个人妻。自动门开启的瞬间，她身上的薄礼服裙微微一飘。

女子穿着拖鞋来到杂志架的前方，信手翻阅着女性杂志和漫画，继而又去了收银台旁的药品区。

她的秀发披散在肩，臀部被纤腰衬托得尤显丰满。良之的目光深深被她勾去。虽然她的身材半点不美，背影却无比撩人。

---

① 日本从二十世纪五十年代中后期开始兴建的大规模高层楼群，一般是二居室、三居室。

女子挑了个东西，回头放到柜台上。她的手指上有一枚细细的白金戒指。

她挑中的东西是一个小小的白盒子，上面用漆黑的歌德体印着夺目的"0.03mm"字样。

那是用最新技术制造出来的超薄避孕套。

"这个真有那样薄？"

女子问道。良之无法回答。他跟这种新东西哪有缘啊。

"不……不知道。"

"哦？那算了。"

女子从口袋摸出一张一千日元的纸币。纸币皱巴巴的。

良之收钱时完全不敢看女人的脸。

女子经自动门离去之际，一阵温热的夜风吹了进来。

良之痴痴凝望她的背影，真有难舍难分之感。他将潮湿的纸币轻轻弄平整，放进了收银台。

四天以后，良之又一次瞧见了那个女子。

那是一个经历了几番春雨的午后。

良之当时正从大学的校园往家走，路上偶然看到了那个女子。

女子身畔，是几个和她同龄的家庭主妇。她们都穿着牛仔裙。

她主动用目光和良之打了个招呼。

良之急忙望向地面，想要装没看见，跟她来个擦身而过。

不料那女子竟然开口说话了。

"是便利店的小哥呀，那东西确实很不错呢。"

良之一惊，抬头看向女子，却碰上了女子含有笑意的眼神。

那几个主妇当然听不懂她这句话的意思。

良之觉得女子是故意挑逗，不禁红着脸慌张离去。

当时阳光明媚，一切都清清楚楚。他看见女子的年龄大概只有三十出头，比他早生不到十年。

她不漂亮，更不可爱，浑身上下飘散着一股自我放逐的颓废感。

直到他踏进家门，女子那挑逗的眼神犹自挥之不去。

是夜两点有余，女子再度出现。

时值深夜，不免微凉。女人穿着半透明的敞领洋装，一进店便直奔那小白盒子而去，拿了一个放到收银台上。

"小哥，几点下班呀？"

良之据实以告，虽然有一种被女子耍弄的感觉。

"早晨五点。"

"这样呀……"

女子再次拿出一张一千日元的纸币，但这次是从钱包里。

她顺手把钱包仲到良之面前，让他清楚看到了上面的字迹。

那是用铅笔写下的房间号码。

G301。

女子从他手中接了零钱，没事人一样说道："我那时不会睡的。"

良之登时心潮澎湃。

腹部下方的剧烈运动将内脏逐个震撼，继而蹿到胸口。他的心脏仿佛不再是一下一下跳了，而是跳一下顶两下！

"谢谢光临。"

良之听着自动门关闭的动静，暗暗惊叹这几个字竟说得平稳如故。

他把针织帽的帽檐压低，把手插进牛仔裤的口袋里，行走在楼群之间。

黎明时分的空气沁入体内，整个肺都冷却下来，只有心脏坚持以令他尴尬的节奏继续跳着。

下班时本来想好了不去，结果此刻竟朝着跟住处相反方向的 G 栋……

（唉，只是去看看罢了，只是去看看她是不是真的没睡！）

良之仰望着布满裂缝的水泥建筑，自我解释着。

这栋四层楼的长方形建筑跟其余十七栋如出一辙。像这种不带电梯的建筑，时下真是很难再见到了。

水泥墙上用油漆标着一个巨大的"G"字母，看上去似乎有些潮湿。

良之微微抬头，望向前方。只有一个房间亮着灯。被晒得有些旧的淡蓝窗帘挡住了目光，看不到房间里面的情况。

良之循着灯光接近楼梯。

他只是想看看 301 室的门。

他当然知道这片楼群的铁门都一个样，都刷着比墙壁水泥略微明亮些的灰色，但他忍不住要去亲眼确认一番。

走廊上的荧光灯变得跟黎明时的天空一样亮了。良之失去了扭头离开的机会。

门被缓缓打开，而他明明没有做任何事情。

女子伸手将他拉了进去。他甚至无暇惊呼，女子的唇便贴了上来。

她热吻着良之，同时脱下了良之的牛仔裤。

玄关狭小，使打开皮带扣的动静听来有若枪响。

女子的舌头凑了上去，完全不介意是否需要先洗干净。她用舌尖细细舔着，继而吮吸至完全粗涨，这才松开嘴唇，弄出黏糊糊的响动。

紧接着，她像脱 T 恤一样把洋装一翻，从头部脱下，往玄关地上一丢。

她没穿内衣，乳头像橘核一样大。

良之情难自禁。

女子握着良之的那个东西，像牵着牛一样把他带进房内。

只听她开口说道："咱们去卧室吧。我的身体比看上去更棒呢！来，快一点嘛。"

昏暗的走廊前方不远便是卧室。良之和父母同住的屋子，格局跟这里一样。

床很旧。床畔是一把钢管椅，塑胶的坐垫上有些裂缝，上面放着那个小白盒。

盒子被打开了。

她用尖尖的虎牙咬破了密封袋。

"看好喽，这个我最拿手啦。"

她把嘴嘟成圆形，含住避孕套，继而将嘴凑近了他。

她甚至没有用手。

而后，她松开了嘴，查看有没有套好。

"没问题了。"

女子嫣然一笑，一推良之的肩头。

良之仰面倒向了床。

突然，他察觉这是他第一次看到她笑。

她笑得真是好看，而他的从容则就此结束。

女子脸上密布着贪婪的神情，跨到良之身上，坐了下来。

良之不觉慌了，无奈一切都太晚了。他被女子腰腹的节奏吞噬，完全没有了稍事整顿的机会。

女子一点都不扭捏，随性、麻利，全无陌生之感。良之陶醉了。这种无休止的肉欲，从大学里的同龄女性身上当然感受不到。

这种狂野的热情，足以将人类维持日常生活的假面具彻底蒸发。

只有跟女子相处的时候，良之才会觉得自由。两人的快乐都直接来自肉体，所以他们之前全无禁忌。一个人的渴望，便是让另一人无法拒绝的指示。这是心甘情愿的服从。

只是一刹那，施者和受者便会互换位置。两者间的区别便是如此微末。

黎明前的卧室仿佛成了一个只有床的乐园。

良之下班后经常去女子那里，每星期都要去三次。

女子的丈夫是开长途客车的，总是因故离家。良之是从客厅柜子里的照片知道那男人的。男人膀大腰圆，戴着一副早就不再流行的塑料框眼镜，样子挺老实的。

春日就要逝去的某个黎明。

从良之第一次踏进 G301 开始计算，就快有两个月了。

女子被几番剧烈运动搞得香汗淋漓。良之离开女人的背，变成仰躺的姿势，直勾勾望着房顶。这里贴的壁纸跟他房间里贴的很像。

良之偶然觉得避孕套好像有些脱落，用眼一瞥，它果然垂了下来，就像是被雨淋湿的鲤鱼旗。

他打算把薄如蝉翼的避孕套重新戴好，哪知竟遥遥听到了那个动静……

楼道里，有人来了！

足音沉重。他以直觉确信那是一个男人。

这种时候，那会是谁？

楼梯里的男人来到三楼，驻足不前。

良之凝神细听，果然听到对方正渐渐靠近这里。

女人猛一抬头，撩了撩被汗水黏到额头的秀发，注视着良之的眼睛。

那个人来到门口，站定。

女子轻轻说道："反正都这样了，不如最后再来一次吧。"

再有多久，便该落幕？

良之弄好了避孕套，脑袋里却被昏暗走廊尽头的那道灰色铁门占满。

书架和旅人

書棚と旅する男……

拿书当主角的掌心小说，这是第二篇了。十页稿纸一下子就会看完，自然适合那种稍带点教育意义的幻想小说，何况创作本身就是一件乐事。看看帮了大忙的资料，我不禁遐想着十七天十六夜的行程。唉，那毕竟是豪华游轮……倘若真去得成，我要带上一个大箱子，装一百本想读的书！遗憾的是，虽然我很想这样奢华一把，时间上却全无机会。光是想想上船后会被编辑们追着要稿，就觉得无比头大。故事里那个老人说的锁定书，很难讲会不会有。这世上有无数的人和无数的书，其中一个人和其中一本书是绝配，这未必没有可能。只要寻到了这本书，用余生一次又一次去阅读，那就足矣。这样的阅读生活，无疑是很美好的。对了，故事主角的台词里面，其实隐藏着我个人的想法。好书可以叠加，读得多了，生活就会丰富，快乐也会随之而来。

任何人都拥有一个会让人生重新开始的时间点。不惑之年的第一个春天，我迎来了那个时刻。

我跟老同学合伙开了一个软件公司，经营得挺顺利的，几个针对网络邮件的加密程序都大受欢迎，哪知事业的顺利反而引来麻烦。

我们的公司规模虽小，前景却很不错，所以有好些投资者慕名而来。对方提供了很优厚的资金，使我们得以从一些成熟的网络公司挖来人员。随着跟我合伙的那个老同学提出新的理念，我们公司彻底失去了之前的融洽氛围。

几个月后，我把手里的股份全部卖掉，就此离开公司。人生才刚刚一半，就获得了足以安享天年的余财，这种日复一日的无聊，一般人怕是无缘体会。而且，早就凝固的夫妻关系更加无法挽回了，幸好我们没要孩子。我给了她一部分卖掉股份所得的钱，和她离了婚。十二年的夫妻生活，就以一份离婚协议和一张汇款凭证宣告落幕。

我的工作和生活都变得百无聊赖，唯有去接触那种只有闲人才会去做的事，譬如渡海出国。

我想回顾一下往昔的日子，顺带安排一下未来。从这个角度来说，旅行确实是上上之选。

　　我大概是抑郁了，总是觉得很累，一点都不愉快，所以才打算让远洋船只把我带进另一番风景之中。

　　总之，我相中了从夏威夷去塔希提岛的航程，总共需要十七天十六夜。

　　游轮有一百九十米长，上面有十二层甲板，两个柴油引擎都是九千马力。游轮的第十楼有四间总统套房，我的房间正是其中之一。七十平方米的房间附带一个浴室和一个观海用的小阳台，这一切都是我独享的！

　　但是，这惊喜的感觉只持续了一天。

　　游轮犹如一个小小的城市，我四下闲逛，跟旅客们打着招呼，顺带欣赏海天之景。仅仅三天光景，我这个城里人就厌倦了茫茫碧海和朵朵白云。

　　大海总是挤出一条条的波纹，周而复始，没完没了。而天空则总是一成不变的蓝。这一切是否有何缘由？

　　我拉上套房的窗帘，几乎不再去甲板了。六楼的剧场里总是播一些老掉牙的片子，素来不喜赌博的我又不会踏进游轮上的赌场，结果生活竟变得更单调了。

　　直到中午才懒洋洋离开被窝，早餐跟午餐二合一，下午去阅览室随便坐坐，晚上则一个人去大厅吃饭，继而跑去十二楼的酒吧。如此日复一日，完全没想出半点对以后人生有用的打算。

本来觉得游轮是纵横海上的乐园，谁知根本就是富人的御用监狱。看来，人类不管去了哪里，都有自我反省的希望。

当我来到十二楼酒吧坐下之际，一位老人喊住了我。他跟我隔着两个空位。

吧台的位子都是靠窗的，方便大款们俯视被蓝灯光笼罩着的游泳池。

"你好像经常去阅览室呢，可惜得很呀，那里的书都不大值得看。"

事实正如老人所说。那里的花梨木阅览架固然被擦得油亮，上面摆的却净是些没营养的大开本。除了这几年的畅销小说，便只有室内装潢和园艺的摄影集，再有就是一整排只有封底文字比较有趣的文学大系。

老人面前的吧台上放着三本被略微磨损的精装书。

"这书是您带到船上来的？"

老人用枯瘦的手掌爱抚着有些褪色的封底，微微一笑。

"是啊。这种游轮的阅览室呀，不让人失望才怪。其实乘船旅行是最适合阅读的，所以我每次都会带个书架——听上去是不是有些不正常？"

我好久没像这样啧啧称奇了。

"我太想去亲眼见识一下了，要是可以……"

老人点了点头，笑道："有缘相识，这几本书就送给你啦，收下吧。"

他伸手一推，书便沿着吧台滑来。

我拿起一看，分别是艾雷史汀·艾奇鲁尼的《象牙海岸航海记》、红小桃的《隐藏野兽》和小岛竹清的《未完物语》……没有一个作家是我认识的。

这三本书都用皮革精致地包着。

"给我这样贵重的书……真没关系？"

"要不要都没关系的，我本就打算返航时丢到海里去呢。"

我闻言自是一头雾水。

只听老人解释道："我这一辈子呀，都在寻觅着一本书。这个世界虽然很大，却一定存在一本只适合我的书。我的探索就快要圆满落幕了。这三本书都不是我说的书，所以它们对我没有用了。"

"这世上真会有那种只适合某一个人的书？以我之见，书这种东西是不适合单打独斗的，知识需要积累……"

老人微微一笑。那笑容让我有些茫然。

"我年轻时总觉得要把天底下的书都读一遍根本就是扯淡，现如今却根本不屑于跟别人比阅读量了，只是想寻到只属于我的那本书。而且，我选好候选的书了，要是你有空，随我去看看如何？"

我立刻点头，跟着老人出了酒吧，打算去乘电梯。

这时，老人说道："我的房间很近，咱们直接走楼梯好了。"

我们踏着豪华的楼梯来到我住的十楼，老人指着我房间斜对面的另一个总统套房，说道："到了。"

房门一推开，便看到了宽敞的大厅。

整个房间里都铺着地毯，地毯上用螺丝固定着猫脚沙发。

这样看来，整个游轮的内部设计都是明亮的洛可可风格。

窗畔有一个非常大的皮箱子。老人上前打开附有轮子的箱盖。箱子里面分成三栏，其中靠边的两栏里面放着跟刚才那三本书一样皮革封面的书。

"我挑了二十年，把这些书反反复复看了好几次。我相信这里面肯定有一本是只适合我的。"

我不禁讶道："你每次上船都会带一整箱书？"

"对呀，我只要看完了就会丢进海里。看一本，丢一本。这样说来，旅行其实跟蒸馏是一样的嘛，把书的灵魂给浓缩喽。"

老人谈到了各种有趣的书，让我大开眼界。我直到深夜两点才告辞离去。

而后，我们只要碰上了就会聊天。设有自动钢琴的餐厅酒吧、供人吹海风的通道、十二楼的酒吧……不管哪里，老人总会拿着一本书。

我每次都会问他又丢掉了几本书，答案不尽相同。平均下来，老人每天晚上都要把五六本书扔进海里。

游轮来到夏威夷完成补给，便驶进了太平洋。

某天早晨我醒来一看，大海竟变成了水晶一样的碧蓝色，光芒跃动。再有几天，便该抵达塔希提岛了。

南半球阳光照耀的甲板上，老人席地而坐，欣然对我说道："穷我一生，总算只剩下三本书了！我打算今晚就做出抉择。其实呀，我都大概感觉到是哪一本书了……"

是夜，我又去了十二楼的酒吧，满怀期待跟老人碰面，哪知他竟然没来。

　　第二天、第三天，我一直没有瞧见他。直到第四天兀自不见他的身影，工作人员不免坐不住了。

　　老人该不会是从船尾跳海了吧？

　　根据一名船员的说法，老人黎明时曾拿着一本书靠在栏杆上。

　　老人和我，到底哪个人更幸福些呢？我突然开始寻思这件事了。

　　老人用毕生的时光寻一本书，一旦寻得答案便毅然赴死。而我呢，我何曾有过值得寻求之物？

　　几天后，客房的清洁员开始整理老人的房间。我偶然往空房里瞧了一眼。

　　昏暗的房间里面，装书的那个箱子彻底空了。

出租车
タクシー……

斯特兹·特克尔是美国的一位口述历史学家，他的主要工具是录音机。当他选好某个主题（譬如战争、工作、美国梦）之后，便会去采访相关人士，对谈话进行录音，继而将谈话内容重新整理，创作完稿。他利用"最没水平"的真实录音完成了让人惊叹的作品，反映了各界人士的不同生活，甚至是想法和个性。他的作品中充满了人间百态和鲜明的对比。我是读大学时偶然看到这方面内容的，后来一直盼着有一天亲自体验一下。因之，我特意去跟出租车司机谈了一次，以准备挑战这种创作。我对我的耳朵和脑袋很有自信，所以没有录音，觉得就算这样都足以重现谈话时的感觉。事实上，我特别喜欢乘出租车时跟司机闲聊，这大概跟两人不需要面对面而是都望着前方有关。虽然短暂，却可以聊得轻松适意。当然啦，要是我非常疲惫却有司机主动搭话，自然会觉得很烦……

"繁荣？哈哈，勉强算是有点繁荣吧。出租车这种行业挺特殊的，自打政策放开，随便谁都可以开出租了。像这样自由的行业估计就这一种。这两年来，出租车的数量似乎翻了一番，可惜客人的数量没有跟着涨上去……赚不到什么钱。"

　　我随口附和着出租车司机的话。我很喜欢跟出租车司机聊天，而且一般都是深夜打车。缤纷的霓虹灯、罕见的摩天楼、堵车时的那一大片红色刹车尾灯……这些东西就麻烦大家自行去联想吧。反正我正舒舒服服地坐在后排。

　　"我们每天挣的钱大概只有泡沫经济时期的一半，但是那个时候确实不大对劲——小工薪族都会把出租车代金券塞给酒店小姐，就跟发传单一样。虽然物价从那时就高得吓人，大家却都打肿脸充胖子，玩命挥霍。后来呢，到了我们开始存钱的时候，大家又都说经济不行了，搞得我们跟别人一样不想消费了。再这样下去，哪里会有好转的希望嘛。日本人只知道随大流，完全没有主见，这跟工资的高低完全没有关系，仿佛一脱离群体就会被狼吃掉似的。有趣的是，就算努力去模仿身边的人，日本人的孤独感都一直没变。

"前方左转？好，没问题。对了，先生，您是从事媒体行业的吧？看您打扮得挺年轻……啊，那个亮灯的公寓？好的，这就到了。谢谢，这是小票，下车时别忘了带东西呀。"

"今儿个运气不错。哈哈哈，这辆车哪儿是黑的呀，是深蓝——正经名字是深夜蓝。开这种深夜蓝的车，听说一天会多赚个十分之一二呢。我们公司是按资历给安排车的，只有老司机才有资格开这种车，而有些讲实干的公司则让业绩最好的司机来开。要是我们公司采取的是那种政策就好了。让那些没精打采的老骨头开这种车，简直就是对颜色的浪费！要知道，好些客人都会特意点这种车去机场和饭店接人，毕竟这颜色确实显得高档。哎？咱这辆车呀？除了漆皮，跟其余四家大出租公司的橙黄车都是一样的。客人都说这种车坐着舒服。

"你说把车全部弄成那种深夜蓝？那当然是不行的啦，运输省那帮官员才不会同意呢，他们坚持要求各家出租公司都保留那种看一眼就知道是出租车的颜色。要说客人们喜欢的颜色嘛……我觉得除了黑色和深蓝色这两种，深绿色也挺不错的。是的，就是那种英国绿①。再有就是深褐色和银色了，这两个也都显得很有格调。虽然把整辆车都换颜色就需要重新喷漆，但若一开始就那样做的话，反而比弄成现在这样两

---

① 早年的汽车比赛中，国际汽联给每个国家指定了一种颜色。意大利分到红色，德国是银色，英国则是绿色。

三种颜色错杂着要便宜。是不是挺奇怪的？我们司机当然希望车的颜色让客人中意，而且那样会额外带来十分之一的现金，根本就是皆大欢喜！只可惜那些官员坚持让我们使用旧颜色……只有按照大众的需求办事，才能让经济复苏，何况又不用政府出半分钱！那些官员不知道天高地厚，对出租司机和老百姓的想法完全不闻不问，这样下去的话，事业单位迟早会关门大吉！

"啊？这车跑的路程？这个嘛，恐怕有十五万公里喽。完全不觉得老和旧？哈哈哈，那就对了，出租车都是经常去做检查。一般的车跑个几万公里就不行了，但是日本的车比较结实，只要保养得好，开十万二十万公里都跟玩儿似的。我听人说，好些亚洲国家包括俄罗斯都抢着收购日本的二手车呢。

"我的理想？我希望独立开出租，不再跟着公司混了。那样会比现在多拿三四成呢，最重要的是可以开喜欢的车，想工作就工作，一分钱一分货！但是，最近这段时间管得更厉害了，只要稍微出个小事故就弄不到开个体出租的资格了，所以我时刻都很注意安全。我以前有份工作，但是我不喜欢开会和报告。开出租就不一样了，只要出了公司大门，跟别人就没关系了。就算想要偷懒，都只会独自吃亏。一个人的回报完全由努力决定。个体出租就更是这样啦。保养的费用固然要掏，跟被公司抽走的那部分相比却还是挺合适的。

"我喜欢钓鱼。说到这个，开出租真是挺方便的。虽然刚开始开夜车时觉得很累，但是只要小睡几个小时，白天就可以随意玩了,甚至可以去海边钓鱼。那种感觉真是太棒了！啊,好的,过了千岁桥,在明治大道左转……哎呀,谢谢你的话,听到这些,我真是太高兴了。不错,我年龄还不算大,有的是时间和机会,早晚会开上个体出租的!

"空调行不行？之前有个穿西装的客人上来,一直抱怨这车里的温度太高。我以前总喜欢把空调开到最低,结果冻得整个左手都麻木了,谁让咱这出风口在正中间呢。现在就不行了,一开空调就坏事,哪怕穿两件长袖衬衣都会觉得麻。听说这种虚冷症的最佳治疗方法是泡温水,所以我每天下班都会去泡一小时,确实有点见好的迹象。

"我开出租有好几年啦,从东京奥运会那年开始的。东京真是日新月异,唯独大街一直没变。这真是匪夷所思。就算变得更干净了,柏油路依然是柏油路。这就跟我的人生一样呢。我的人生,似乎从未离开某一条路。按说我都是个能领上养老金的人了,根本不用这样辛苦……我以前总觉得老年人跟我一点关系都没有,哪知迷迷糊糊就快成了老骨头啦。如果没有实现当天的目标,以前的我总会加班再干个两三小时。这种斗志早就没喽。不行就是不行,这不是靠硬撑就解决得了的,真不如早点回家休息。何况,平均下来一看,其实没有太大区别。东京动不动就会堵车,尤其是每月的最后一个星期五,随便哪里都排满了车。说来奇怪,我那个业绩最好的同事总是说他一整天都非常顺,完全不会碰到堵车。命好的话,真是挡都挡不住呀。话说回来,我也有状态特别好的时候,甚至会好得我本人都纳闷这是不是我努力的结果。那种好状态一出现，开车就完全不觉得累了，反而是开一小时空车更让人觉得累呢。

"我对这份工作是很感谢的。我家里有三个小孩，都是靠着我开出租才养活大的。我家里目前只剩下我和我老伴了，所以就算我退休不干了都无所谓。我大儿子去外地发展得不错，盖了房子，让我们跟去享受。我呢，看着东京的变化都看了四十年了，所以希望留下来继续生活，不想去乡下住。再加上时不时就会碰见像您这样聊得来的客人……大家都说出租车司机肩负着乘客的生命，我倒觉得像是短暂旅程的伙伴。反正我们之间不是雇佣关系。

"要说我最大的乐趣嘛，那就是下班时的那种感觉了。尤其是夏天的清晨，把车开回车库，从公司出来的那一瞬间！虽然有点困，却特别舒坦。我每天上下班都要坐公交。我坐的都是头班车，基本上没有乘客，公交站空荡荡的。拿着下班后的啤酒，往洒满清晨阳光的椅子上一坐，眼前的大街安安静静的，只偶尔才有车辆出现……就这样独自享受着。第一口啤酒的味道，真是无比爽口。如果上班时豁出一切，那一刻就更会觉得幸福，觉得交上了好运。饭店到了，您今晚要出席宴会？祝您玩得尽兴。要是您用得上的话，等下可以再打电话给我，我会来这里等着接您的。那好，就这样了，路上留神哦！"

无休止的散步

终わりのない散歩……

人一旦到了半百之年，就会一天比一天关注老人。年轻时就算看到路上有老人，都懒得再看一看，只会留意女孩子裙底的秀腿。日本固然迈进了老龄化社会，但是东京地区不会常常见到老人。闹市区里全都是年轻人的身影，这其实挺奇怪的。等我有一天老了，我要满大街去嘲讽年轻人，让他们懂得昭和时期才是最精彩的，没经历泡沫经济的人是最可怜的。创作这个故事之时，我脑袋里浮现着目前住的目白地区的样子，就这样展开街景。枝繁叶茂，一片绿意。只要离开大街，环境就会很静。这里很适合边散步边思索问题。附近一带有的是昆虫和小鸟，有时甚至会有螳螂突然跳进我家的阳台，让我吓一大跳。我常常扣一顶帽子便出门转悠，一般是穿着 T 恤和露出膝盖的牛仔裤。我总是睡眠不足，一副流浪汉的样子，要是各位瞧见了我，希望大家慈悲为怀，假装没有看到。

我下楼后经常会碰到一位老婆婆。她的运动服和慢跑鞋都是淡粉红的。我估计她的年龄是七十出头。

　　她的头发染成了淡紫色——其实更像混有蓝色的粉红色。

　　这位老婆婆在邻里之间挺有知名度的。我去便利店的路上，她从背后喊住了我，打了招呼。那是我们的第一次对话。

　　"我经常看到你呢。"

　　我一惊回头，只见她正挥动着成一直角的手臂，面露微笑。

　　"啊，您好。"

　　我自然以招呼相报。

　　"你这是要去哪里呀？"

　　红绿灯前方，便是我要去的店。我说出了店名。

　　"那我们刚好同路一段呢。我总是一个人待着，要是有人肯陪我说说话，我会很高兴的。"

　　"那没问题。"我答道，继而壮胆问道，"我好像经常看到您呢。为什么您经常在外面呀……"

　　老婆婆来到我身旁，大步向前走着。我只得追着她加快步速。

梅雨就要来了。天空很干爽，像盛夏时分一样湛蓝。

"是医生建议我健走的。按照他的说法，运动不足会导致身体变胖。而且，如果我不经常出来运动，我的膝盖就会持续变糟……所以我只好出门健走啦。这段时间，我每天都会反复走这条路，哪怕下雨了都坚持出来，否则就觉得难受。"

我一整天都要对着桌子坐着，自然同样有这种缺乏运动的问题。

"走路算是运动？"

她侧目瞥了我一眼。

"对呀，像我这种老人，这样就足矣。而你这样的年轻人嘛，大概要拿个小哑铃走路才行。"

我们来到十字路口之后，她开口说道："真遗憾，这就要告别了。我健走的范围只是住的地方附近，远处就不去了。咱们回见吧。刚才突然跟你打招呼，真是失礼喽。"

告别之际，她突然变得郑重有礼，就跟别的老人一样。

"您别这样说呀。"

我忙说道。

她头都不回，举着手摇了一摇。

后来，我们每次见面都会聊上一聊。

我不用出去上班，所以白天时经常下楼溜达。

如果是大晴天，老婆婆就会扣上一顶宽帽檐的草帽，再套上一副跟竞选人一样的白手套。下雨的时候，她虽然念叨着热死了之类，却会换上防水的运动服。

和她同行的时候，我总是忍不住弯着胳膊夹紧腋下，继而加快步速。

只要昂首挺胸迎风疾走，再熟悉的小巷都会觉得特别新鲜有趣。

我们首次交谈大概三个月后的某一天，从一大早就显得有些神奇。

乌云滚滚的天上突降暴雨，很快却又云销雨霁，露出夏天时的那种阳光。

潮湿的路面上一片黑亮。温润的风从南方的港湾吹来，云朵不分高低，全都赛跑似的奔向北方。

我买完东西回家，跟以前一样，在临近的小区碰上了她。

她一身冒雨出行的打扮，从单行道迎面而来。她身上的涤纶风衣是鲜艳的柠檬黄。

她脚下的动作似乎比平时要快。那不再是健走，而是小跑。

一看到我，她立刻打了招呼。

"哎呀，你好呀，这是准备回家呢？"

我点了点头，答道："是啊，刚才去弄了点资料，这就要回家继续工作了。"

"是这样呀……虽然我不是很懂，但是自由职业者确实挺难当的吧？"

她不知道我是小说家，只因我从未将此事告诉一众街坊。我的职业栏里面一直都是"自由职业者"这五个字，哪怕我根本不懂得这五个字的准确含义。

她用略微有些彷徨的眼神看着我。

"方不方便同路一小段呢？俗话说旅行就要有伴，我想走路时也一样吧。"

话音刚落，她突然又长长一叹。真是好没来由的叹息。

我们快步走进了被绿色萦绕的楼群。

"这里是我出生和长大的地方，都七十几年喽……这里以前哪有这些漂亮的房子呀。"

我住的地方就是所谓的高档楼群，幸好物价比较低，适合长期居住。

"那您肯定很了解这一带的历史啦。"

"是啊，就拿一九四五年的东京大空袭来说吧，我甚至指认得出当时幸免的地方。说来真是奇怪。被炸毁的地方反而有了更好的发展，安然无恙的地方则一直保持着破旧的老样子。"

我仰望天际的流云，适时开口附和。我对这一带的历史缺乏兴趣。

"很久很久以前，车站对面住着好些大款和洋人，这面却都是普通工人的那种独门独院的房子。对了，你知不知道那个鱼店？"

她紧挨着我快步走着，提到了我家附近的鱼店。那是一家老字号，店门口总是摆着一个装满泥鳅的大水桶。

"那家鱼店老板的女儿呀，跟车站对面大房子里面的大臣的儿子私奔，当时都轰动了。以前人特别讲究门当户对，现如今只要双方喜欢就行了。这样说来，时代确实是进步了呀……"

她说话时不断望向附近的电线杆、招牌和门牌，仿佛要找出什么东西一样。

莫非她在担心会有东西突然出现？

我不是那种没脑子的人，不会随随便便问别人事情，所以我只是保持一贯的态度听她说话，陪她同行。

四五分钟之后，我们来到了我住的小区前方。

看到我住的那个相对新一些的公寓，她似乎有些惊慌。

只听她开口说道："咦？那个不就是你家嘛……对了，附近有没有邮局？"

她的目光没有望向我，但话音非常郑重。

从我家走路用不了九十秒就会抵达邮局。她就住在邮局后面一点的地方。

"到底是老了，脑袋一天比一天不好使喽。我本来是有事去邮局的，结果迷路了。"

我不觉一阵难受。

恐怕她是走着走着就忘了如何回家，来回寻觅之际又离开了往日的路，结果踏进了别的小区……

我不好意思看她，随口问道："您今天走了很久吧？"

她勉强笑道："是呀，快两小时了，累死人喽。"

"您别急，前面不远就是邮局了，我陪您去。"

她又惊又喜，阴霾的表情一扫而空。阴晴变幻的神情一如难以预测的天气。

我们稍稍降低速度，走向邮局。

她给我讲了些她上女校时的事情。

那个时候根本没有游泳池，东京的河流有些地方会被用木板和竹帘挡住，供小孩子们下去游泳。

清澈的水里游动着半透明的白鱼，就像是水里的倒影。

听说她昔日的皮肤又白又嫩，全然不输给鱼儿，所以总是从不好好学习的男生们那里收到情书。

篱笆将邮局的红邮筒遮住了一半。

她站定了，望向我。

"这次真是谢谢你了。"

"没……没事。"

她从上衣口袋里摸出一个用怀纸①包着的东西，递给了我。

我打开一看，却是一包艾糕。

"也不知道年轻人爱不爱吃这个。呵呵，咱们改天再一起散步吧。"

她没有去邮局，而是直接踏进了小巷。

我望着那黄色风衣的身影远去，继而转身回家，路上顺便吃掉了她给的艾糕。

艾糕上兀自留有她的体温，口感暖暖。

---

① 日本人随身携带，用来包糖果、糕点的纸。

118

右腿

片脚

川端康成的幻想短篇小说《手臂》描述男人向女人借来一只手臂，抱着睡觉，洋溢着妖魅之感。年轻女人的手臂可以随意拆下，甚至不会流血，就像是变魔术。自打看完这篇小说之后，我就想以同样的题材向其致敬。川端康成用了手臂，那我就用大腿好了！我对女人的大腿没有特殊的爱好，所以特意弄来了一大堆照片，以便好好研究。如此一个短篇，竟然让我搜集了十几本写真集。我是不是蠢得要死？尤其要命的是，清晰拍摄了脚底和脚趾的照片非常稀缺，一本里几乎只有一两张。结果，有关腿的细节都是我叹息着综合一堆写真集才搞定的。倘若没有这个契机，我完全不会留意女性小趾的形状，所以算是大有受益。拜我的玩性所赐，本故事需要分两期刊完。有些遗憾的是，我交了稿就把那些知识都忘光了，到底是没有培养出恋足癖……

星期六临近中午的时候，我将房间的窗户全部打开，开始清扫一星期攒下来的灰尘。一室一厅的屋里看上去固然干净，打开吸尘器一看，却出现了小猫脑袋一样大的灰尘团。

　　时值初夏，爽风穿窗掠地而来，吹到我赤裸的脚尖上，那感觉很是舒服。

　　我将床铺仔细收拾了一下，取下昨晚睡的比较素的床罩和床单，换上她所喜欢的五彩条纹床单。我按照百货公司展示品的标准，将床单对准四角，规规矩矩铺成没有半点褶皱的长方形。

　　而后，我回到客厅，将枫木桌子细细擦了两回。

　　我突然觉得胸口有些闷，而且越来越闷。就犹如我的心房里藏有另一个心脏，正以略微不同的速度跳着。

　　我把昨天下班回家路上买的麝香百合甩干，将之插进玻璃花瓶，放到了桌子的正中央。随着雪白花瓣的颤抖，抢眼的鲜黄色花粉堆出来一个小山丘。

　　我坐到椅子上，紧盯着墙壁上的时钟。

　　时间就要到了。我低头望着盛开的百合，忐忑不安。

门铃响了！

我从椅子上猛然一弹，足足有五公分高。

送快递的男子踏进玄关，身旁推车上斜斜竖着一个纸箱。纸箱又细又长，高度大概一米，长宽则是三十厘米上下。

我签了字，从额头带汗的制服男子手中接下箱子。

沉甸甸的。光是这重量就让我无比满足。唯一让我不满意的是，纸箱上竟然落了男子的一滴汗水。

我回到客厅，把纸箱轻轻放到桌上。我舍不得用壁纸刀划开胶带，索性用指甲沿着胶带的边缘一点点刮开。

就这样，我打开了纸箱。纸箱里面是一个大包裹，上面覆盖着麻布。我抚摩着麻布那粗糙的表面，享受着这种手感。

她的肌肤很敏感，对一切合成纤维都会过敏，所以就算是内衣裤都需要是天然材质才行。

我把纸箱搬开，桌子上便只留下了麻布包裹。我审慎将麻布打开。

她的右腿带着万丈光芒，第一次在我的房间露面。

膝盖微微弯曲，脚踝前端尤其显得柔弱。她的趾尖细长，形状诱人，仿佛蕴藏着鲜活的生命。她的肌肤鲜嫩动人，色泽之深却又不如脚趾甲上的指甲油。她的脚趾上微微留着指甲，指甲上涂着粉红色的指甲油，望之有如珍珠。虽然我曾叮嘱她别再涂指甲油了，无奈她听不进去，上门之前总要把指甲打扮一番。

唤醒右腿之前，我首先微微后退，以统览这优美的弧度。

她的腿不粗不细，正是长度、重量和弹性完美协调的柱体。

膝盖往上三十厘米一带，腿骨因接近腰部而渐渐开始变细的位置——

腿被切断了。

前端明明是空缺的，反而让人体验到古典雕刻的完美之感。剖面那柔顺的肌理凹凸有致，朝着正中央的骨头合拢，看上去就像是一个大到无法一口吞下的手工烧卖。

我把脸颊贴到她冷冰冰的大腿上，从顶端滑到末端。

她年近三十，大腿内侧肌肉的张力和略显干燥的皮肤相得益彰，让人忍不住萌生爱怜之意。她膝盖附近的褶皱酷似精细的砂纸，让我的脸颊体会到些许阻碍。

她小腿胫骨的肌肤上有一片淤青，大小和邮票相似。她这个人偶尔会失之莽撞，这片淤青估计是撞到书桌第三排抽屉时留下来的。我寻思着这点事情，忍不住笑了出来。

我的拇指和食指抚摩着她的胫骨，继而轻轻掠向脚踝，犹如要测量骨骼粗细的变化。

她腿上最美的地方，正是一般人往往忽视的脚踝以下！

脚趾的趾腹又白又嫩，而且形状齐整，像贝壳纽扣一样微微反光。足弓呈现出高高的抛物线的样子，形成没有皱纹的苍白天空。尖尖的小趾前端完美无缺，让一切质疑美丽的美学问题一瞬间再无价值。

我赞叹着将嘴唇靠近她的腿。她的腿如此柔软，一如我的嘴唇。我的亲吻使她的肌肤微微凹陷了一下。

虽然我很想继续欣赏她沉睡的右腿，但我首先要向她兑现承诺。

只见她的腿面上忽有微光一闪，宛如水中的涟漪反射着阳光。

右腿苏醒了。

"总算到了。哎呀，百合很好闻嘛。刚刚我睡着时，你没做奇怪的事吧？"

桌上的右腿微微活动着膝盖，以脚踝站稳，开始旋转。长时间维持同一个姿势，她难免会有点疲累。

我欣赏着由她的肌肉和肌腱构成的细微图案，陶然忘机。

她的腿是艺术品，是完美无缺的世界。

"当然没有呀。"

"真的？那就没意思了。虽然我们早有约定，但稍微出格一下又不妨事。"

右腿笑道。小腿的肌肉像痉挛一样微微收缩。

"星期六的漫长夜晚，我会好好享受你的腿。"

"那真是太期待了。只有这种时候才让人觉得离得远倒也不错。"

我去厨房拿来了茶水和热毛巾。大概是在狭窄的箱子里待太久了吧，右腿的腿窝里出了些汗，散发着潮湿的光。

下午随着轻松的聊天而消逝。右腿的位置从桌上换到了木地板上，后来又登上沙发。右腿无法自行从高处下来，需要我帮忙放到地面，然后便可以自由行动。

126

当我突然抱紧她的时候，她的膝盖一弯，笑着挣扎道："天都没暗呢！"

这种时候，腿总是显得很有劲，会像游鱼一样滑出我的掌控，重新获得自由。

我打算吃晚饭了。虽然可以出门去餐厅吃，但若我带着右腿出去，总归不免被别人以异样的目光瞧来瞧去。腿是不吃饭的，所以我虽然有谈话的伙伴，其实却是独自用餐。从这个角度来说，去高档餐厅反而不如留在家里随便吃点，更何况我对我的厨艺很有自信。

我做了一份混有大量意大利香肠丁的沙拉，又做了一道用鳗鱼提味的果蔬意大利面，继而从冰箱里取出牛舌拼盘，往上面撒上无数切成小骰子大小的肉块。

"听了你报出的菜名之后，我特意煮了意大利面。大蒜的香味真让人食欲大开！"

我往阳台的桌子上铺好桌布，打算来这里用这一餐。对面的椅子上，右腿靠着椅背竖着，被夕阳映照得红彤彤的，仿佛是一团火焰。

"只有我的腿，你不会嫌无聊吧？"

说实话，我们共度的那些日子里，我脑袋里想着的经常是她的右腿。对人体某一部分的爱，有时甚至会超出对那个人的爱。这算不上是背叛，而只是一种率真的感情，鲜明得不容置疑。

我带着右腿来到浴室，用肥皂细细将之清洗。

大量的小泡泡随着摩擦出现。脚趾的缝隙，甚至是脚后跟，都会让我有眼前一亮的感觉。

虽说我不相信人生有"真谛"这种概念，但若能永远保持对某个美好事物的新鲜感，每天都有新发现，倒确实是理想化的人生状态。

右腿泡进了浴缸，随着热水的波纹摇晃。

只见右腿弯曲着自水面探出一部分来，说道："就算我们以前洗鸳鸯浴的时候，你都没这样帮我仔细洗呢。"

"是啊。"

我笑着伸手一揽，将右腿从浴缸里抱了出来，用浴巾轻轻擦干，带到卧室。

"天黑了，开始吧。"

右腿呢喃着，嗓音微微有些嘶哑。

夜风自窗口吹进。我的床单被铺得整整齐齐，足以和家具店里面的展示品分庭抗礼。

床上只有她的右腿。

右腿静静躺着。

屋里没有开灯。

只有来自夜空的些微光亮。

都市的天空囊括着地面的灯光，呈现出模糊的暗红。

右腿舒适地躺在整整齐齐的床单上，留下痕迹。昏暗的房间让右腿更显白皙，犹如一个微微发光的物体一样隐约可辨。

她哑着嗓子，低呼道："快来呀。"

我们都不再说话了。我将就要从嘴里流出来的唾液一口吞下，赤身靠近了床，从末端一点点爬到床上。

"这简直神了，我可以跟你交谈，可以闻到你的味道，却看不到你！说实话，我特别特别紧张，不知道你接下来会碰我的哪里……"

我跪坐着，问道："那你在做什么呢？"

右腿羞涩弯曲，富有弹性的肌肤微微泛红。

"我呀，我躺在床上，光着身子等着你呢。"

有人正强烈需要着我，这一刻真是让人留恋。

漫长的期盼眼看着就要成真，宛如一瞬间有清风横掠眼前，何等美好。

我猛一低头，开始吮吸右腿的小趾。

"哎呀！"

大概是被吓到了吧，脚尖骤然一缩，想要弯曲膝盖。我怕她真会顺利挣脱，立刻按住她纤细的脚踝，继而用柔软的舌尖轻舔着蜗牛般蜷曲的小趾。

右腿渐渐放松。

只是唱一曲情歌的时间之后，我便吐出了小趾，目光瞄向一旁的无名指。我当然不会忘了咂咂脚趾和趾间的汗味。

不愧是她的汗水，确实美味可口。

右腿虽然有些颤抖，却不再像先前那样紧张了。

膝盖保持着微微弯曲的姿势，小腿轻轻摇动，犹如新生的嫩叶。

"竟然被相隔数百千米的人一直舔着脚趾……这种感觉，你懂不懂？"

我的嘴唇离开了她的足尖，以细细打量她漂亮而颀长的中趾，跟着又开始观察她的趾腹。她的趾腹尖端环绕着一圈又一圈趾纹，形状则是鼓鼓的三角形，直直指向着我。

"感觉如何，告诉我呀。"

她尚未回答，我便开始用舌头摩梭她中趾的指甲。

右腿颤动得更强烈了。

"我死了很久很久之后，宇宙来客用基因技术复制了我的肉体。他们不懂得人类如何做爱，所以用各种方法来进行研究。"

这故事让我觉得挺有意思。我留神听着故事，舔中趾的速度不觉渐渐慢了下来。

而这似乎正是她想要的效果。

"舒服。你这样慢慢舔的同时，再轻轻嘬一嘬吧，好不好？"

我依言照办。

右腿的话音变得断断续续的，犹如开始打嗝。

"结果呀，外星人到底是搞不懂如何做爱，只好一次次重复实验，没完没了。他们利用我那虚幻的肉身和灵魂来分析人类如何生育，但是他们太蠢了，一直得不出像样的答案。"

"所以这实验会一直持续下去？"

"是呀，日复一日，永不结束。"

"对你来说，这算不算是一件好事呢？"

右腿一时痉挛。这痉挛的缘由不是快感，而是短促的笑。

"自然是好事呀，只是不知道这种外星人到底有没有呢……你再尝尝我的脚嘛。"

我照办了，把她的食趾一下子含进嘴里，悄悄和我舌头的长度做了个比较，结论是我的舌头略长。我拿舌头包住她的食趾，缓缓一吸一吐。

右腿肌肉紧绷，往昏暗的床面烙下颤抖的阴影。

我的舌头和手指沿着右腿上行。

她的右腿堪比一本冒险小说。

高山、低谷，自湿而干。我以蛞蝓的速度一寸寸摸索她的腿。几十厘米的距离，却支撑了一番兴致勃勃的大探访。

我的舌头和手指接触了她右腿的全部皮肤，哪怕是半寸都不曾疏漏。

腿窝是壮观的溪谷，腿部是稀疏汗毛傲然迎风的辽阔草原，大腿根一带则是密布毛孔的孤零零的灌木丛。我把汗水湖（腿窝）彻底饮干，这才用舌头一根根挑开草原上的芒草，展开更高、更远的右腿之旅。

神志渐渐不清。我不知这冒险到底持续了多久。我一直很厌恶用机械测量时间，所以卧室里根本没安置钟表。

当我"苏醒"之际，我正和右腿进行着最后的阶段。

我紧紧拥抱着右腿，狂吻着正中央朝大腿根凹凸收缩的剖面。那里正是她最敏感的位置，一如她的脚趾。

右腿快乐得开始扭曲，突然用足尖抵住我的裆部。

"人家这就要忍不住啦，要不要我来帮你……"

我将她弧度优美的右腿抱得更紧。真希望这一刻永远维持下去，永远不要结束。这是我唯一的奢求。

"都听你的！有你陪着的时候，总是希望你做这个做那个，但只对着你的腿就完全没那些想法了……反正呀，你别介意这些事情，好好享受就行了！"

以我个人之见，男人的快乐无非是一面镜子——真正带来光芒的，是女人。男人仅仅是反射女人的光芒罢了。

最悲哀的，不正是黑暗中被遗弃的镜子？

右腿急促喘息，蓦然开始高呼。薄薄的脂肪组织下面的肌肉和肌腱剧烈抽搐。

我死命抱住挣扎着的腿，等着她回归清醒的瞬间。

良久良久以后，右腿总算软了下来。

"啊，这感觉真是太神奇了……我刚刚说的话都正常吧？"

腿的剖面上满是螺纹，犹如一个光滑的烧卖。我啧啧亲吻着这个烧卖。

"没有，没有。但是，你叫得很高亢哦。"

"是吧……刚才那一瞬间，我眼前出现了一片白茫茫的流沙，你能否想象出那个景象？"

我的回答是否。

她总会看到各种风景，我很盼望跟她一样，只可惜我的快感尚未强烈到足以让我摆脱一切的程度。我无法冲进另一个世界的景观。

膝盖上方微微一皱。她笑了。

"下星期别忘了把你的左手寄给我。我保证伺候到你手指
肿胀。"

我的左腕周末时基本没用。

我喜欢她的右腿，而她则喜欢我的左手。她经常称赞我
手指的形状好看，兼具知性和野性之美。她曾看到数以万计
的手指，我的手指却足以跻身三甲。

右腿缓缓离开我的胸前，来到我两腿之间，紧贴着我的
裆部。

满是汗水的肌肤，牢牢贴了上来。

"我闻到你的味道了！"

右腿呢喃着，嗓音嘶哑。

我们白热的时光再度开始。

左手

这个集子里面，唯独本文没交给讲谈社的《新刊展望》杂志。当时正值新年，《小说时代》希望我提供一个大概二十张稿纸的短篇小说，结果我就想到了前面那个《右腿》的故事。继续讲述那对情侣的故事，想想就觉得很有意思。同样页数的稿纸，主角却从男人变成了男人的左手，再将先前的内容颠倒……如此便会得到一首非常有趣的对唱。一旦有了这种企图，果然是下笔如有神，顺顺利利完成了这个故事。男人的哪里最性感？女人的答案一般是手。似乎大家都觉得男人手背上的肌腱和血管尤其性感。如此说来，本故事的选材算是投其所好。说到这里，我想顺便问个问题：要是把异性的某个部分拆下来寄给你的话，你想收到哪个部分呢？手？足？脖子？头发？我想肯定会有选择手肘、手臂和耳朵之类独特地方的人。假如能像《左手》这样交谈的话，我挑躯干。把易拉罐一样的躯干放到椅子上闲聊，是不是很有意思？

她刚刚吃完午餐，正无聊地看着音量为零的电视。门铃响了。

　　那是让她等得难受的铃音。她慌忙抓起厨房墙壁上的听筒。

　　小小的屏幕上，身穿制服的男子的额头被放大、扭曲。按说男子是不用靠得这样近的，门口明明就有个摄影机嘛。

　　"快递！"

　　"来了！这就来！"

　　女子按下按钮，楼下大门的锁便猛然弹开。女子来到玄关等候。

　　她住的是十二楼，任何人上楼都不会这样快，但她就是想来到玄关等着。

　　等候之际，她用门畔的镜子照了照全身上下。

　　她穿着一套天鹅绒运动服，深蓝色衣服的边缘一带是胭脂红的绲边。衣服跟她身体的弧度保持一致，丰满的部位和纤细的部位似乎都饱受滋润，光彩动人。

　　她就要到而立之年了，身上自不免有些松弛的地方。但是，从正面根本看不到她正努力跟地心引力相抗衡的肥臀。

门铃再响。

她打开玄门的门，冬日的寒冷扑面而来。

快递员抱着一个纸箱。按照大小来看，纸箱当可容得下一套百科全书。

那里面，装着她的男朋友。

她往快递员拿来的单子上留下姓名。只是签个名字罢了，想不到竟如此让人欣喜。

她接住纸箱，领略着箱子的温暖。

"有劳您啦。"

快递员讶然瞧了她一眼，答道："谢谢惠顾。"

他说完便匆忙从走廊跑向电梯。

女子轻轻关上了门，扣上双重锁。只听"咔嗒"一响，却是她又挂上了锁链。

锁门之举其实充满性的暗示，只因如此一来便是两个人的世界。

她把纸箱轻轻放到客厅桌上。这里不但是客厅，而且兼作餐厅之用。

壁纸刀的刀尖被她略微推出了些。她仔细割破胶带，一下子掀开箱盖。

箱子里塞满了泡沫塑料。

雪白的填充物欣然接纳了她缓缓伸进去的手。箱子里果然温暖。

她的中指碰到了一个东西，从触觉来分析，当是毛巾。

唉，明明都是个公认的大人了，何以做这点事情竟会晕生双颊？

她的另一手同样插进泡沫塑料，取出了那条被包好的蓝毛巾。

用来绑毛巾的是细尼龙绳，上面的结打得难看无比。一只手做事确实不便，弄得如此难看自然可以理解。

她设想着他辛苦打结的样子，不觉面露笑容。

解开绳结，打开毛巾，里面赫然是一件有些陈旧的白 T 恤。

他做事素来谨慎，此举当然是防止运输中留下伤痕。

她知道她的呼吸正渐渐急促。

她是如此爱他，而他最让她动心的部分，很快便会见诸她的眼前。

一时间，她竟然舍不得掀开那 T 恤了。她绕着桌子转了两三圈，目光片刻不离那柔软的 T 恤。她屋里的 T 恤仿佛是世界的正中，又仿佛是飓风的风眼。

她往沙发上面一靠，想要平静下来，却就是无法实现。

只见她突然扑到桌前，一把撩开 T 恤！

T 恤的胸部，印着迈阿密马林鱼队①的标志。

标志的上方不是别的，正是男人自腕而断的左手。

女子见了男友的手，不禁一叹。

他的指尖很细，两个指关节之间的骨骼甚至比女子的都长，显得十分优雅。

---

① Miami Marlins，佛罗里达州迈阿密地区的美国职棒大联盟球队。

他的指甲是红润的圆形，几乎覆盖了整个指尖。他不太注意对指甲的保养，但一看便知是健康男性的指甲。

他手上的肌腱齐齐聚向手腕，犹如精致的仪器。

她尤其喜欢他手背的静脉。看上去固然鼓鼓囊囊，其实只要用手指一按就会像猫的肉垫一样软软凹陷。他不是干体力活的，因而手掌不厚。

她将男人的左手一翻。大概是纸箱里太闷的缘故，掌纹里微微沁着汗珠，湿乎乎的。

是时候唤醒他的左手了。

愚蠢的男人总是一味紧盯女性的胸部和大腿，却不注意他本人身上最富有魅力的地方。

要是有男性手部的写真集就好了，最好再弄个等大的雕刻品以便随时触摸……

她设想着只展示男性手部的博物馆。

每尊雕刻品的前面都立有一个解释牌。十七岁的高中生篮球队员、二十六岁的印刷工人、三十二岁的计算机工程师、四十八岁的物业老板……真足以让人迷醉。

她想入非非，凝视着眼前的左手。这只手要是进了博物馆，保证大受欢迎。她对男人的手很有研究，而这只手完全可以当选前三。

她跪到桌旁，将嘴唇靠近左手那健壮的中指。

这正是唤醒左手的秘法。

只见左手微微一抖，跟着便犹如敲键盘那样开始动弹。

"哎呀呀，总算到了呀。"

他讲话时总喜欢带点鼻音。

她把右手放到了他的左手上面。

左手的手指猛一使劲，翻身缠住了她的指尖。

"纸箱里是不是有些闷呀，刚才看你出了些汗呢。"

"没事，热总比冷要舒服一些。我的手指总是冷的。"

说话之际，左手一直用指甲挑逗着她的指腹。他当然了解她手上哪里敏感。

"说来真是离奇，你上星期寄右腿给我，这星期又换我寄左手给你。我们虽然离得很远，以后就这样用身体的某一部分来约会倒是挺有意思。"

为了他，她整整一星期无法出门，但他毕竟是充分享用了她的右腿。那真是一次美好的经历，她的腿犹如被安装了精密的雷达，变得极度敏感。

每个月都如此约会一番，倒也不错。

别说是相隔两地的情侣，就算是平时很容易见面的情侣之间，最近好像都开始流行身体某一部分的相见了。

"把我放到你身体上吧？桌子上没意思呀。"

她欣然从命，捧着左手坐到了沙发上，把温暖的左手放到柔软腹部的上方。

左手碰到了拉链。

"好光滑呀……是不是天鹅绒？要不然就是丝绒？"

"天鹅绒。这是你最喜欢的那套蓝运动装。"

她早晨特意洗了澡，换上这套衣服。他果然注意到了，这让她深感欣慰。

"这次有没有特别的安排？"

左手将拉链的扣环拉到胸部以下，准备摸向胸部。

她突然推开了左手。

"别急嘛，我正想好好放松一下呢。明天要去买下周的菜，你要陪我。"

左手笑道："幸好我没把整个人都借给你。光是手陪你去，当然没问题啦。对了，我想下地活动活动。"

她不想跟左手分开，却理解左手被那个小纸箱闷得太久，因而便把左手放到了木地板上。

"眼睛虽然看不见，却可以闻得到，指尖甚至保持着触觉，这种感觉真是太神奇了。"

感慨之余，左手开始伸展手指爬行，姿态犹如一只肉虫。她早就拿吸尘器把地板打扫了两遍，干干净净。左手沿着墙壁缓缓爬行，仿佛是要丈量这房间的大小，只要碰到角落就狠嗅一番，简直像是要确认地盘的小狗。

"不会是有怪味道吧？"

闻言，左手的指尖猛然一抬，对准她的方向。

"不会呀，哪里会有怪味道呢？只是这感觉太奇怪罢了。肢体离开身躯后似乎会变得特别敏感，你上次就是这样。"

她有印象。上星期，她确实听到了无数次闷响。

"我懂你说的——会有些迷茫，搞不清情况。"

144

"是啊。明明这房间里只有我的左手，我却嗅得出各种味道，而且分得出这些味道是如何相叠，就跟分析地层似的。你昨晚是不是吃了草莓味的哈根达斯？"

她确实曾把空盒塞进塑料袋，系紧之后丢进了有盖子的垃圾桶，所以她完全闻不到。那都是十四小时之前的事了，想不到他竟知道得清清楚楚。

"而且，刚刚你捧着我的时候，我怀疑你换了一种香皂。"

不错，她这三天用的都是天然材料的微香型浴皂。

"看来只要你的左手离开身体，就是福尔摩斯再生啦。"

左手笑道："这个真不敢当，充其量是缉毒的警犬吧。"

她离开了沙发，轻轻靠近阳台前方沐浴着日光的左手。

"哎呀呀，随便一闻就知道你冲着我来了。这个肥皂味儿根本就是要向别人宣告你的位置呀。"

左手微微反射着阳光，一派轻松自得的样子。她挨着左手躺下，轻轻吻着指根，继而又开始亲吻手指的关节。只见手背上短短的汗毛突然如针耸立，一大片鸡皮疙瘩随之出现。

"喂，喂，你再这样搞突然袭击，我就等不到晚上了！"

她闪开扑向她胸部的左手，返回沙发。

"不行哦，所谓期待，就是要忍得久才有意思。"

"这又是谁的名言啊？"

"谁知道呢，没准儿是甘地吧，要不然就是那个演 AV 的加藤鹰……反正是谁都一样。"

她话音一落，便去厨房弄晚餐了。

冬日午后的阳光金灿灿的。左手独自占据着木地板，被阳光映照得派头十足，犹如一尊伟岸的塑像。

想到晚上要跟左手共进晚餐，她自然不会偷工减料，哪怕他只是闻得到味道。

晚餐是简单的日本料理。超市卖得生鱼片刚好不错，她就买了回来，泡进混有芝麻和山葵的酱油。她昨天晚上就早早煮好了筑前煮，这时只要再撒上些豌豆荚的碎末便大功告成。味噌汤是用萝卜丝和牛蒡丝做的，上面漂浮着用手握碎的豆腐，就像是海面上漂浮着的一个个泡泡。

对面的餐垫上，左手叹息着。

"唉，好饿啊……鼻子突然变灵，陪你吃饭就跟受刑没区别了。这种时候，我真想去你那里……我晚上只好吃便利店的快餐了，谁让咱只剩一只手呢……"

"哎呀，那你就好好享受一下香味嘛。我这顿饭其实就是做给你的！"

这是实话。只是她一个人的话，确实不用做这样一大桌菜。

只得闻闻味道的晚餐，反而更加刺激食欲。

"我正闭着眼睛吃快餐呢，闻着你做的菜的香味，这东西似乎比平时好吃了好几倍。真是太有趣了。"

她和左手聊着天吃完晚餐，又打开一瓶略带甜味的白葡萄酒，倒出满满一杯，伸食指进去沾上，继而开始用手指摩擦左手。

"我要用这香味让你陶醉。"

"别老是香味呀，我的手好热啊，倒点葡萄酒给我好不好？"

她把杯子一斜，洁白的葡萄酒便撒到了左手上面。

左手想要像上星期那样陪她洗澡，无奈她喜欢一个人洗。开始洗澡之前，她先在浴室的洗手台把左手稍稍洗了洗。快洗完时，左手的手背从水面浮了出来。

只听左手说道："我突然觉得我好像是球鞋呀……算了，我先去床上等你啦，你动作要快一些哦。说实话，我很喜欢你身上汗水的味道，反正比之前美体小铺^①的香皂闻着舒服。"

左手被热水弄得通红。她用毛巾将左手细细擦了一番，放到了浴室更衣处的踏垫上。左手立刻奔向卧室，一路上头都没回，只是姿势有些踉跄。

莫非是被烫到了？她轻轻一笑，关上了半透明的门。

当她裹着浴巾来到卧室的时候，讶然瞧见左手正趴在床头柜上等她。床畔摞着一大堆书，他无疑是费了番功夫才上来的。

她怕冷，所以把屋里的暖风温度调到了最高。

床单是人造毛皮的，绒毛很短。没有眼睛的左手当然看不到这一切，所以她干脆就不开灯了，只容许路灯的光亮从双重窗帘的缝隙洒进。

那光亮薄如剃刀。

她躺到了床上。

---

① The Body Shop，英国的高质量面部肌肤及身体护理产品零售商。

只听床头柜上的左手说道："就这样开始，会不会有些可惜？一旦开始，就意味着将会结束。守着这片黑暗，闻着你的味道，这就让我挺满足了……"

她默默凝望天花板。

天花板上贴着的塑胶白壁纸，随便哪个日本的公寓都有，然而那些望着天花板的人又有几个会如此幸福？

不希望结束的话，只要永远不结束就行了。倘若结束，重新开始便是。只要有了这份执念，就算重复雷同的事情都不会无聊，反而次次都会有全新发现。

她用双手捧着左手，就像捧着一碰就碎的玻璃器皿，将左手放到脸上，悄悄亲吻着光滑的手腕剖面。手背上的肌腱渐渐变鼓。

她明白他陶醉了。

血管跟着鼓了，几欲撑破。

"这一夜，主动的该是我了。"

她轻舔着手背上的汗毛，一根根将之理顺，又用舌尖从手腕瞄准手指舔出五条痕迹。而后，她的舌头来到指蹼，品尝着他带有淡淡酸味的汗水。

他的手指很短，含进嘴里之后却觉得结实若柱，硬度只比牙齿稍次。

她享用着他的五根手指，舌头翻翻滚滚，有时是舌尖，有时是舌面，有时是舌侧，有时则是舌底。拇指像药物一样被含到舌根附近，接着又被推到光滑的腮部内侧。

左手陶醉得低低叹息。

她很喜欢听他这种时候的呻吟，甚至打算让他尽情大喊。舌头摆出各种硬度摩擦着他的指甲，将五片指甲都摩得光滑无比。

只听左手勉强说道："离开身体的这种挑战真是太爽了，我有点控制不住我的嗓门啦……"

她猛一使劲，把拇指从嘴里吐了出来。

"我这次要狠狠欺负你一下！你穿衣服没有？"

左手的拇指和中指疯狂扭动，妄图抓住她的嘴唇。

她索性将手一举。嘶哑的嗓音自头顶落下。

"我刚刚洗完澡，正光屁股躺着呢，很劲爆哦，真想让你亲眼瞧瞧。"

她低低一笑。

"真的假的？但是呀，我现下不需要你啦，有你的手就行喽！"

她开始舔手掌，用舌尖探索着掌心的粗纹，像是正沿着地图上的主干道苦苦寻觅，接下来则开始探索像叶脉一样分支出去的细纹。

大家都知道手指上的纹路是不一样的，任何人的指纹都是独一无二。实际上，掌纹亦是如此。

掌心的迷宫，其复杂程度堪比基因，而且印刻着一个人的历史和未来。

细纹犹如被针尖勾勒而出。她望着那些细纹，寻思着掌心的事情，爱怜的情感登时油然而生。

左手彻底被她的唾液濡湿。

她很想把整只手都含进嘴里，无奈她的口腔只容得下四根手指的前两个关节。再继续塞的话，恐怕会撑破嘴角。

她完全遗忘了时间，只知道这是一个周末。

卧室里没有钟表，窗外是无际的暗夜。

左手突然哀呼道："我忍不住了！你舔舔我的手腕吧，咬几下，好不好？别太使劲啊！"

她按照他的要求重复了好几次。左手紧紧攥住她的手指。她用双手捧住他的手，嘴唇和舌头对准手腕的剖面，双管齐下。

"我……我……我就快要……"

左手慌慌张张地说完这些，突然狠狠一抓，手指轻颤，关节泛白。

这痉挛持续良久。

她屏息凝望着左手。漆黑的房间里面，左手绽放着随快感而来的光芒和热量，看上去非常圣洁。

"这真是让我大开眼界……"

"让我先休息休息……"左手的嗓音有些嘶哑，片刻后再度开口，"好了，这次该我报复你喽。"

"没事的，你要是累了就先歇歇，不用管我。"

她把他的左手摊开，放到了脸上，盖住了面庞，轻轻用舌头碰触掌心。

一人一手之间的距离如此接近，近得让她隐隐听到了他的喘息。

"这就该轮到你了！预备——"

左手的呼吸渐渐平稳，便沿着她的面庞滑向颈部，轻轻的、缓缓的，犹如一路柔吻；来到喉部凹陷的地方略略休息之后，就此爬上柔软的胸部。

她合上眼睛，枕着枕头，任由左手以笨拙的动作解开她胸前浴巾的结。

雨、雨、雨……

レイン、レイン、レイン……

这次的故事打算采用蒙太奇的手法，由几个回忆性的画面构成。反正掌心小说只有十页稿纸，落笔前完全不用推敲故事架构，这一点真是讨人喜欢。这一次，我选择的主题是雨。一旦有了念头，立刻落到纸面。长篇小说往往需要照顾故事性是否强烈，结果失去创作的自由。我很喜欢雨，所以接下来的故事相对真实一些。我读小学时总是淋雨回家，从来都不打伞，以便体验那种被雨水灌醉的感觉。而高中时的乐趣之一，正是夏日里冒雨骑自行车。哪怕到了最近，下雨天我都不爱打伞。就算突然碰上暴雨都没关系，反正大街上随便哪里都买得到从中国舶来的塑胶伞，就算不幸弄丢了都不会觉得难办。我曾花数万日元买回一把高档伦敦伞，无奈我骨子里就是个穷人，一直舍不得用。所以说，我们千万不要买跟身份不搭调的东西。

他喜欢雨，却从不曾跟别人提到此事，只因他觉得这有些丢人。然而，他就是很喜欢雨。从小到大，这喜好一直没变。

烟雾般的绵绵春雨，灰幕般的沉重梅雨，匝地而来的豪爽夏雨，冰雪美人纤纤手指般的光滑秋雨，银针般纷插下来的冬雨……

任何时令的雨，他一概喜欢。雨是有个性的，一如不会有相同形状的云，永远不会自我重复。

第一次浑身上下被雨淋湿，是读小学的第二个春天。

他从家里走到学校大概要十几分钟。放学之后，他穿着黄色的雨衣，拿着黄色的雨伞，独自离开教室。抵达校门之前，他跟身旁的同学一样打着伞。

"再见啦。"

"再见！"

他跟同学相互道别，望见他们的身影散去，立刻把伞一收，昂首望天。春雨略微带着暖意，从头顶的天空不住滴落。扑到眼前时尚且看得清楚，一旦进了眼睛便再无影踪，只给眼球留下丝丝的凉爽。

他故意绕开了商业街，经小巷回家。他背着手拿着收好的雨伞，一路仰望着下雨的天空。

雨不光进了他的眼睛，更淋湿他的脸颊和头发，继而顺着脖颈流进衣领。

然而，他脸上的笑容竟不曾消失片刻。

来到十字路口的时候，他灵光乍现，打算尝尝雨水的味道。

这个小学二年级的学生全不顾一身湿透，正对着天空将嘴张大。

雨里面混有烟尘的香味，稍稍有些苦涩，刚砸到舌尖时甚至会带来一阵麻木之感。他就那样接着雨水走着，很快便接纳了这种滋味。那一丁点儿杂质反而让雨水的味道更显丰富，犹如低浓度的碳酸饮料。

男孩回到了家里。他的父母都出去工作了，所以家里没人。他换下湿漉漉的T恤，用毛巾将头发狠擦一番，便躺到了地板上面，遐想着雨水和着慢拍缓缓坠进后院里巴掌大的水洼时所牵动的涟漪。

他用上幼儿园时就开始用的蓝浴巾裹住身体，凝望着雨中的后院。不知不觉，男孩沉沉睡去，甚至不知道布满乌云的天空渐渐露出了玫瑰色的残阳。

下一次对雨的印象，是十年之后的事。喜欢雨的男孩那时正就读东京都的市立高中，是一名高二学子。

他搬了家。从新家乘公交和电车去学校，要换乘再换乘，累计近一小时。

上班高峰时段的拥挤让他无比厌恶。如果他不想浪费乘车的时间，当然可以选择读书，然而他就是不喜欢跟一群人一同被塞进用金属和玻璃制造的箱子。

他索性骑车上学。

他拿存下来的零花钱买了一辆从法国进口的山地车，其特制的轮胎只有大拇指宽，重量则是十公斤出头，只要两根手指就拿捏得动。倘若切换到最高速度模式狠踩一番，平地时完全可以达到四十公里的时速。要是下坡道的话，每小时甚至会是六十公里。

自打用上了自行车，上下学的时间便缩至三十分钟。这不光意味着省下一半的时间，更意味着省下了公交的费用，而且不会再被陌生人挤得想死。

骑车上学是一项不错的运动，顶着风时尤其感觉清爽，称得上是有百利而无一害。唯一的问题……

就是下雨。

假如早晨下雨，他就上不成第一堂课了。他非常讨厌星期一早晨的第一堂课——数学，所以总是掐着时间出门，只要不骑车就准保迟到。

下雨的话，他便唯有乘公交车去上课。他完全不喜欢车厢里那种闷得要死的感觉。反正都混到高中生了，落一堂课根本无关紧要。他索性去屋顶看着雨点坠落到水泥地面，静静等待下课铃的鸣响。

说到快乐的事，首先想到的就是冒雨骑车回家。

清晨时犹自晴空万里，进了教室之后却突然变天，渐渐落下雨来……

最让他振奋的是夏日里的阵雨。他总会任由温暖而又饱满的雨滴淋湿全身，有时甚至会故意绕路骑车回家，本来三十分钟的路就这样被拖延到一小时甚至一个半小时。

山地车追求轻盈，故而只有最低限度的零件，挡泥板由此取消，导致轮胎完全裸露。一旦冒雨骑车，白衬衣的背部就会留下好几条水泥痕迹，但他当然不会就此放弃爱好。只要事后摆出一副"都怪那雨来得太突然"的委屈表情，就可以随意享受夏日的阵雨啦！这种乐趣是无法从雨中漫步获得的，毕竟随便哪里都买得到伞，所以湿淋淋却不采取行动的人会特别引人注目。

总之，雨水只有骑车时才可以全盘享受。

他知道附近有架将近一公里长的桥梁，横跨着宽阔的河面。桥上有时会看到彩虹。只要看到天空上那七彩的半圆形，他便会放缓速度，仿佛闲庭信步，任由车轮溅起水花，独自沉醉于七色光芒和轻柔雨丝的世界。

大学毕业后，他一度当了个自由人，近两年则靠打工维生。地铁协调员、仓库管理员、家教……其中干得最久的一项是工地警卫。

那个工地紧挨着东京湾，是未来的高速公路。除了工地的车，那一带不会有其余车辆的影子。因之，他每天几乎不需要引导车辆，只要把小型收音机往栏杆上面一挂，而后去门口站到下班回家就行了。如果哪一天碰到风比较大，就用水管喷一些水，拿扫把清扫一下路面，避免出现尘土漫天的情况。当然啦，如果看到路人的话，要主动打个招呼。

盛夏的烈日固然吓人，但他毕竟年轻，酷暑和七小时的站立只要日复一日坚持下来便会自然习惯。何况，晒黑之后的他似乎显得更健康了。

光是那样呆呆站着走神，就可以拿到数额可观的报酬。这份工作是不会形成劳动成果的，而这正是被他深深青睐的那一点。

当白天将要结束的时候，他便会拿到一定的金额。没有成就感，没有荣誉感，更没有努力和目标，只是拿时间去套现罢了。

他不擅长和别人打交道，这份工作刚好适合他做。

上班的时候，他特别希望看到雨。往工作服上面罩一件雨衣，站到雨水里面——他只要这样做就会大大高兴。

他淋着雨，看着门，轻哼着当年喜欢的歌。

就算雨水绕开头盔和雨衣的阻碍把制服弄湿，他都全不介意。就算是雨鞋里积满了水，他都不当回事。

工地里抢进度正抢得昏天黑地，只要不是暴风雨，大家就不会收手回去。

工人和监工一概被雨水狂淋，起重机和水泥搅拌机同样难逃一劫。湿漉漉的水泥被"哗啦啦"灌进湿湿的钢筋缝隙。虽然是阴雨天，水泥都会变干，这真是一大奇观。

尔后二十年间，他当上了小说家。

直到此时此刻，他都不会撑开伞躲避小雨。

他喜欢雨，讨厌伞，这一点一如既往。

倘若碰到雾雨的话，他甚至会特意出门溜达。绵绵的细雨将皮肤淋湿，尚未汇成水滴便被体温蒸发消逝。这种时候，他总会满怀欣喜，寻思如何将这一次的雨安排进下一部小说。

牵动一般人忧伤思绪的梅雨，对他来说根本是另一件事。阴沉的天、降水概率、梅雨将临……光是这些湿乎乎的字眼，就足以使他欣喜若狂。

这个世界里，没有相同的雨。

嫉妬
ジェラシー……

接下来的这个故事大概会吓到女性。有些男人会嫉妒妻子给他生下的孩子。这听上去虽然不切实际，却是不折不扣的事实。要知道人类根本就是个漆黑的箱子，除非某种状况实际出现，否则便无从预先得知自身的反应。我家里有两个小孩。婴儿是很离奇的东西，昨天尚且没有，第二天却突然出现，继而跟你回家，赖到你的家里。这一切都无法重来。尤其要命的是，他们各自拥有天生的性格和爱好，跟父母完全无关。生命便是如此奇异。近几年来，青年人的成熟程度堪称一批不如一批，甚至构成一个社会问题。依我之见，不如让他们都去养个孩子好了。当然啦，生不生孩子完全要由他们本人抉择，而且没有孩子的生活似乎舒适些；但是，只有生下孩子之后，他们才会觉得他们这种父母是何等随性。你觉得呢？别犹豫啦！

裕一和智香的婚姻，完全是自由恋爱使然。裕一是一家外企软件公司的研究员，两年前调任营销总监。智香眼看着丈夫的交际水平一天天提高，工资待遇又没有下降，自然欣喜万分。

　　搞科研那些年，裕一总是穿一身休闲装去单位报到，直到当上营销总监才开始穿西服和打领带。

　　智香觉得男人就该穿西装。

　　婚后的第五年，两人开始反复探讨儿女之事。他们都没有当丁克族的打算，却一直没有开花结果，只因他们不想将这种事弄得太刻意了，所以没去做任何检查。（另一个缘故是，万一查出哪个有病，以后的生活恐怕会受到影响。）

　　他们当然不是没有性生活。他们每个月都定期享受那种快乐，只是一直没结出果实罢了。

　　只要看到掌心般大小的鞋帽之类可爱东西，智香就会买回家妥善保管，以迎接小宝宝的突然降生。裕一更是经常买回一些面向婴幼儿的毛绒玩具。

　　小宝宝虽未出生，却早就从他们的卧室里圈了一片地盘。

木婚日那天，他们来到了车站附近熟悉的意大利餐厅。那是一个特别的夜晚。裕一点了一瓶香槟充当开胃酒，智香则点了葡萄汁。

"咦……你没事吧？身体不舒服？"

智香平时都是喝葡萄酒的，眼下却用双手抚摩着平坦的腹部。

"最近喝酒总觉得没味道了，我有点嘀咕，所以下午时去医院查了一下……"

"难道是肠胃出问题了？"

只见智香微微一笑，说道："不是呀，好像是有了呢。"

裕一惊道："有了？你……你怀孕了？"

智香点头道："是啊，医生说都快有九个星期啦。"

裕一惊喜交加，兴奋得脸都红了，一仰脖将香槟灌了下去。

"这真是太好了！说实话，我以前一直没敢告诉你，我爸妈对这件事其实挺挂虑的。听说结婚五周年的木婚日是庆祝夫妻俩总算合抱如树，不再相互独立，所以才有'木婚'一说。总之，我们家以后就有新成员啦！"

丈夫这番话让智香由衷欣慰。

裕一果然跟那些有强烈恋母倾向的男人不同，是一个甘当盾牌供她依靠的人。

光是那个晚上的新鲜葡萄汁，就足以让智香沉醉。

幸福永远不会来自努力，而是像风一样突然出现，难以预料。

孩子是上苍的恩赐——年轻的准妈妈从这句话里获得了甜蜜和感激。

那之后的八个月间，裕一对妻子关怀得无微不至，总是早早下班回家替行动不便的妻子料理家务。

这个人以前一直是撂下筷子就不管了，这时却带着满脸的笑容主动洗碗。他不再让妻子拿重东西，甚至亲自用吸尘器打扫房间。

衣柜里面，男宝宝和女宝宝都合用的衣服和玩具堆积如山，皆因医院不会再把胎儿的性别告诉孕妇。

初春是分娩的最佳时间。恰恰就是那个时间，智香诞下了健康的女婴。

裕一早早离开单位，拿着摄像机来到分娩室陪她。

泪水模糊了他的视野。

女儿的名字是"翠"——他们都很喜欢这个名字，而且这个字非常切合时令。

一星期之后，智香平安回到了家。

照顾婴儿时的感觉当然不会像阅读时感觉的那样轻松。白天尚有智香的母亲前来帮忙，晚上就只好一个人独自解决一切问题。

翠虽然体形娇小，哭闹时却犹如拉响警报，三室一厅任何一个房间里面的人都会被她惊醒。

最糟糕的是，她只要到了两小时就会哭闹一次，其间隔拿捏之精准简直让人咂舌。

久而久之，智香自然睡眠不足，整天头昏脑涨，却坚持照看婴儿。如此一来，她和裕一共度的时光自然有限。

裕一本来是很疼爱翠的，哪知母女出院三星期之后竟不再去婴儿床附近看女儿了，只是待她睡熟之后才用手指轻捅她的脸颊，让人忍不住怀疑他只是想要确认她是否活着。

下班回到家门口的时候，裕一总是不肯进屋，尤其是看到智香正忙着照顾孩子的时候。他会一直呆站着，不肯脱鞋，直到智香帮女儿换好尿布来到玄关，他才会露出撒娇的表情。

"帮我脱鞋吧。"

智香一度觉得他是故意逗乐。

"正忙呢，你就别跟着闹啦。"

大概是睡眠不足的缘故，她言语间显得颇不耐烦。

"放肆！你是我老婆，照顾我是天经地义！别只想着当娘！"裕一勃然大怒，一抬脚狠狠踩住木横档，"给我把鞋带解开！"

智香叹息着蹲下，解开他的鞋带，脱下他潮湿的皮鞋。

裕一的手突然向下一探，打算摸摸她的胸部。她立刻伸手一挡。

"不要嘛，我这就要去喂奶了。里面都是奶水，胀得很痛呢。"

裕一的脸上登时没了表情，就像贴上了一个木雕面具，默默去了书房。

那个书房只是暂时性的。等到翠长大了，就会变成她的房间。

裕一身上的孩子劲儿一天比一天重了。

他完全不想抱翠。智香给女儿喂奶的时候，他总会愤愤盯着娇小的翠；而且吃饭时经常不碰筷子，执意让智香喂他，继而真的做出婴儿般欣喜的神情。

面对这种事，智香难免反胃，但她忍了。裕一毕竟是个认真工作的好丈夫。

星期天的下午，智香跟裕一说孩子快断奶了，所以她想去附近的超市买菜，准备一些断奶食品，而且孩子的纸尿布就快要用完了。

裕一当时正躺在沙发上看 IT 方面的书，只是随便"嗯"了一下。

智香暗自窃喜。总算有一个人待着的时间了，哪怕只是去附近买点东西。

带孩子的这段时间里，最让她难受的事情不是缺觉、喂奶和换尿布，而是完全没有了一个人的孤独时光。

她从大型超市施施然买完东西，傍晚前便踏进家门。

总共只有不到两小时，但是挺奢侈了。

刚一接近公寓的铁门，便听到翠的啼哭。

智香的双手当时正拿着纸尿布和晚餐的菜，见状唯有慌忙打开门锁，一脚踢开拖鞋，奔向客厅。

眼前的光景让她几欲崩溃。

才三个月大的翠被丢到木地板上，丈夫裕一正赤足踩着她的肚子！

上上下下，就像是踩青竹一样……

"你疯了？"

智香惊呼着冲上前去，把丈夫狠狠推开，一把将翠抱住，给她擦去了脸上的泪花。

裕一用双手撑住地面坐稳，茫然望向大哭的妻子和女儿。

一星期的时间逝去。

智香带着翠回娘家了。三个月之后，他们离婚了。

不管怎样说服教育，裕一就是无法打消对亲生女儿的嫉妒，甚至提出让翠去别人家里当养女，以便恢复他和妻子之间的旧日生活。

智香不再懂得何谓爱情。算上谈恋爱的时间，她和他共度了七年有余。裕一这个人很踏实，很老实，又很有幽默感，按说该是理想型的丈夫才对。智香曾因婚事跟公婆争议，裕一当时明确表态支持妻子，是时下难得一见的不对母亲唯唯诺诺的独立男性。

明明是如此难得的人，却对长久期盼的孩子萌生恨意，继而丧失理智，忘却常识，渐渐退化，犹如变了个人……

想真正爱一个人，到底要先了解他到怎样的程度才行啊！

智香抱着天真的女儿，喂她吃断奶食品，暗暗畏惧着难以捉摸的人性。

不管再看到谁，她都觉得那是一个正对准这世界张开大口的黑洞。

一年后，翠第一次开口喊了妈妈，却直到现下都不解"爸爸"二字。

奥运人
オリンピックの人

这个故事脱胎自银座地区一家酒吧里的谈话。那个女人拥有一个每隔四年便会相逢一次的男人，而且见面之后一定会共度一宿。他们平时完全没有联系，却总会按时相遇。听到这故事时，我正带着一点醉意，但这故事到底惊动了我这位作家的嗅觉。眼下，我又想到了五年前听到的这个故事。四年一见的话，索性就结合奥运的概念好了！盛夏将逝，雅典的奥运会又是刚刚结束，构思这样一个短篇确实蛮"投机"的。正当日本人被柔道和女子摔跤搞得且喜且忧之际，上演了这样一番邂逅和离别。我很喜欢这份怅惘的感觉。倘若我有这样一个隔几年就见一次的人，平时大概会活得更快乐和更积极些。话说回来，当真四年一见的话，时光弹指间便没有了，毕竟二十年才见到五次。下次见面之时，体重恐又增加，两鬓恐有霜白，想想倒是挺有趣的，不如哪天拿来炮制一个长篇好了。

只要到了奥运会举办的那一年，押谷绿就注定会碰到瓶颈。命运的低谷每隔四年便出现一次，几乎成了他的一个习惯。

　　悉尼奥运会的时候，绿被换工作的事情深深困扰；而那之前四年，亚特兰大奥运会举办之时，她则忙着求职，而且碰上了惊人的二十七次连续被拒。回想旧事，她不禁暗自庆幸一毕业就有了工作，换工作时同样有个圆满的结果。

　　麻烦的是，只要这瓶颈一样的低谷来临，绿这个脆弱人士就会整天呕吐，抱着肠胃药无法松手。哪怕是去面试的路上甚至工作到一半时，她都经常跑到厕所里狂吐不止。忧郁的时间一长，她不光胃口变坏，皮肤更随着糟了，继而失眠。

　　她真希望这次平安无事，无奈雅典奥运会开始之际，她又被命运的浪潮卷了进去。

　　这一次全然出乎她的想象——

　　男朋友末田精一竟然不打算跟她订婚！

　　精一和绿早就相互见了家长，到了订婚的阶段。绿的年龄是二十九岁，精一比她大两岁，今年是三十一岁。他们交往都三年了，从年龄上来说确实该结婚了。

哪知到了最后关头，对方竟突然畏缩。

　　这让绿六神无主，难受得想要死去。情绪上的打击自不待言，更烦人的则是该如何告诉父母。他们一直都盼着她早点结婚！

　　随着雅典奥运会的开幕，她不断服药、呕吐的日子又来临了。

　　面对她的追问，精一只给出"只是暂时不想结婚"这样的答复。绿不觉得这件事跟第三者有关，更不觉得这是对方工作上的烦恼所致。他们两人都来自平凡的工薪家庭。情况尚且搞不明白，当然更想不出该如何解决。

　　绿真有四面楚歌之感。

　　双休日那两天尤其难办。她假装出门约会，却又想不出哪里可去，甚至不知道去见谁才好。她茫然流落街头，一个人喝完咖啡，踏进了排满情侣片的影院。

　　阳光恶毒得有若夏日。银座地区的并木街道上，她以一身约会时的打扮独行。这里的街道会让她放松，所以她从小就喜欢来银座一带。她和精一经常来这里约会，只因她觉得别的闹市区总是充斥着那种十来岁的小鬼。

　　这里最近新开了一家国际名牌旗舰店。

　　就是那个时候，那个男人突然从那里面走了出来。门童帮他推开了玻璃门，他微微点头致谢。他穿着洁白的棉质长裤和深蓝色的夹克。

　　瞧见他的那一瞬间，绿不禁惊呼道："八代！"

男人微一皱眉，目光向绿投来，继而大喜道："押谷！真是好久没见了呀！"

久别重逢让缘非常兴奋。

她的语速忍不住变快。

"整整四年了呢！咱们上次见面，是高桥[①]勇夺悉尼奥运会马拉松金牌那时……"

跟那个时候相比，八代靖春无疑更显得稳重、成熟。

"是啊，四年没见，你一切都好？"

绿清楚知道她的嗓音正渐渐娇媚。

"一点都不好呢……"

"又碰到问题啦？"

绿微微抬头，观察着靖春那"反正跟我没关系"的神情。这个人依旧这样悠闲自得，仿佛全不受谋生之苦，跟上大学时一模一样。

绿壮着胆子，问道："八代君，不知道你有空没有……我特别想跟你聊聊天呢。"

靖春哈哈一笑，说道："回回碰面，你都是这个样子。没问题，反正我又不是出来做正事的，只是买点东西罢了。"

他们踏进了沿途看到的第一家咖啡店。绿用三十分钟把她和精一的现状细细讲出。说是聊天，实则根本就是她向对方倒苦水。

_____

① 高桥尚子（1972—），曾两度刷新日本国内的马拉松纪录。

面对这种情况，靖春不会对她进行教育，更不会批评她的做法，只是含笑倾听。就这一点而言，他跟事事计较的精一真是截然相反。

　　不知是不是说得太亢奋的缘故，绿的双眸亮闪闪的，脸颊红扑扑的。

　　"我恐怕要重新想想跟他结婚的事……真想不到他竟然这样瞻前顾后。我不是不许他有话闷着不说，但是他对我太冷淡了，甚至完全没替我的家人设想。"

　　靖春凝望着绿，缓缓说道："我觉得这跟四年前、八年前的情况很像。当时你烦的是工作上的事情。"

　　确实如此。只要绿碰到低谷，靖春似乎就会突然出现。

　　这种匪夷所思的事，现下都是第三次了。

　　接下来会不会重演前两次那一幕呢？绿寻思着，身体渐渐燥热。咖啡店虽然开了空调，她却几欲窒息。

　　"要我说呢，你前两次毅然选择确实没有选错。当初去的那家公司虽然有这样那样的缺憾，后来换工作不是挺成功的？按照这个思路，你最好别太随意对待这次的事情。搞不好你真的该跟他结婚……"

　　"真的？你是这样觉得的？"

　　靖春微微一笑。那真是让人难受的笑容。

　　"是啊。所以……这次恐怕不行喽……"

　　绿张开嘴想要说话，却觉得嘴巴里黏糊糊的。

　　她该不会是有些口渴吧？

只听绿嘶哑着嗓子说道："无所谓，谁让他搞得我这样难受，又对我不闻不问。他说我们都需要冷静一下……我们走吧。"

"真的可以？"

绿默默点头。

八年前的亚特兰大奥运会和四年前的悉尼奥运会举办之际，靖春同样倾听了她的满腹牢骚。正是那之后，两人拥有了一夜情。

绿只跟这个男人有这种关系。他的人品和容貌都很不错，她对他很有好感，但是她没有跟他谈恋爱的打算。

说实话，他是一个很让人费解的人。

他们一年里只联系一两次，却总是时隔四年便重逢一次。

靖春拿着账单离席。

"我一直寻思这次会不会就这样结束呢。这算是你第三次坦然面对自我吧。话说回来，我确实觉得你该跟他结婚。"

靖春如此说道。

绿回想着他赤裸的胸膛——满是汗水。谁让她前两次看到靖春胸膛的时间都是夏天呢。

他们出了银座地区的咖啡店，拦了一辆出租车。两人坐到后排，一时全都沉默。他们的手虽然冒着汗，却紧紧握着。靖春缓缓用指尖逗弄着绿的柔荑。

手背、手掌、指尖、指缝、手腕……

二十五分钟之后，他们抵达了坂田商业街的一家宾馆，从柜台拿了钥匙，来到充斥着一股霉味的房间里面。

安全灯非常昏暗。两人紧紧相拥，甚至顾不得去洗一番澡。

绿神魂颠倒，仿佛要将体内积攒的脏水彻底倾出。

这里不需要犹豫。再怎样狂呼，再怎样失控，都没有关系。

这是自由，是解放一切的自由。

对方是靖春，不是她未来的丈夫，所以她不需要那种矜持。只要去大胆满足自身的欲求便是。

第三次臻至顶点之后，绿伏在靖春的胸前，哭了一阵。

这泪水跟她对精一的歉疚和悔恨完全无关，而仅仅是她对往昔一切的悲哀。这一点，她自然明白得很。

需要整整四年光阴，才有机会这样坦诚面对自身。而且只有短短几小时罢了。

一瞬间，绿确信她将会嫁给精一。到了明天，她便会回归无聊的单位，充当优秀的员工。

结婚之后，她当然会假装幸福。

她只会一天比一天懂得伪装。

当真到了那个时候，没准儿她真会觉得那是一种幸福。她将沿着别人给她设置的路径，稳稳回到所谓的常态生活。

此时此刻，绿清楚看穿了一切谎言。

此时此地，来自谎言世界的她正裸着身子泪如雨下。

只见绿猛然抬头——

"我会把他的打算告诉我父母的。谢谢你让我变得勇敢。我相信我会跟他结婚。"

绿再度将脸贴到靖春胸前。

时隔四年，这赤裸的胸膛再度被两人的汗水弄湿。

LOST IN 涩谷

LOST IN 涩谷……

某个秋夜，聚餐散了之后，我独自漫游涩谷地区的街头。我想重现当时的印象。大胡子阿拉伯人，一直盯着手机看的女孩，都是那天晚上的真人真事。涩谷的街道情况同样跟现实一致。街角贩卖假劳力士手表的人，深夜里依旧满员的快餐店，车站路口的巨大屏幕……这些情景足以让人悟到都市的生命是来自哪里。明明置身人潮，我却拥有很棒的孤独之感。正是这一点让我觉得这地方十分有趣。话说回来，这条街似乎会让孤独者萌生跟别人交流的意向，促使他们日复一日围绕着欲望和金钱打转。我喜欢东京的闹市区，这不仅仅指池袋。被街道的空气包裹，是一件特别舒服的事，一如泡温泉时沉进无底的热水。大家努力展现自身的美好一面，其实却是孤独、愚蠢、怅惘和虚伪。想想这一群逞强的人，是不是挺可爱的？我肆意踏进全不知名的小巷，肆意寻思。

星期六晚上的涩谷街道是如此光怪陆离，男男女女的热量几乎让视野模糊。幸喜这欲望的热量不会覆盖一切，眼前的街面和建筑固然模糊，来到街角一扭头却会看到鲜艳夺目的霓虹灯高悬半空。

是夜，我独自徘徊涩谷街头。

一个留着大胡子的阿拉伯人迎面而来，热情问道："挑什么呢？"这种时候，只要随便摇摇手说句没事，对方就会自觉退散，不会硬缠着你买东西。

这种人明明卖的是那种没有公开来历之物，想不到却挺有风度。

我踏进名曰"西班牙坂"的小路上的一家意大利面餐厅。进去一看，桌上铺着红白格子的桌布，椅了则刷着深绿油漆。

点了鲜蛤蜊蒜香意大利面和凯撒沙拉之后，我随意望向小路上的人群。

东京似乎不再有流行性的东西了。这是从何时开始的呢？往昔的女人们呀，只要白衬衫开始流行，她们上街时就会悉数穿上白色的衬衫，其区别只是尺寸上略有不同。

而现下的流行不再成规模了，犹如热带地区的小小低压，悄然形成，尚未受到众人关注，便又悄然消失。

眼前这个秋天的热带低压，大概是胸前嵌着金银线盒假钻的 T 恤吧。其影响看上去非常有限。

我欣赏着那些不想跟别人撞衫的女孩。

"久等啦。"

意大利面伴随着大蒜的香味现身。近年来，意大利面的样子真是天翻地覆。价格虽然没变，面量却足足增加了三五成。我的食量不大，所以很希望有人让面量回归旧态，顺便将价格下调一些。

夜空之下的涩谷街头当真称得上五光十色。我望着那瞬息万变的街头，独自享用晚餐。一个人用餐其实非常惬意，可以很快吃完，更可以默默思索问题。

沙拉里面的酱味太重，所以我剩下了将近一半。

我开始喝双份的意大利浓咖啡。

这东西确实不该喝，果然要一点点用吸管嗫才比较好……

我就这样寻思着这些无谓的事。

我离开西班牙坂的意大利面餐厅——名字好像是"巴黎的美国人"吧，经公园大道来到"淘吧"唱片行。这里的古典音乐 CD 是最齐全的，整个东京都不会有第二家这样的店。回想我昔年初听古典音乐之时，总觉得这里的古典音乐区犹如迷宫，让我深感头大。而现下呢，就算不去看首字母，我都知道哪个架子上摆的是哪几位的曲子了。

当我想好买哪张 CD 的时候，这家店都该打烊了。

我不想听悲切的曲子，所以相中了年轻的莫扎特旅居米兰时创作的六首弦乐四重奏。这些曲子最长只有十几分钟，听来十分轻松，那精致的感觉跟吃小饼干如出一辙。

我回到涩谷街头，突然惊觉竟无所事事。大街上挤满要去 JR 涩谷站的人。夜晚的涩谷拥有各种人潮，譬如第一批夜游者总是晚上九点回家，所以人潮到了那个时候就会一变。

我想都没想就直接跟着人群行动。大家似乎都有人陪，没人陪的则独自把玩手机，以这种方法来显示他跟别人是有联系的。所有人都扯着嗓音说话。

众生之中，唯有我孑然一身。

我来到了涩谷站，又不知该去哪里才好。真不想这样早就回家啊！我没有办法，索性去忠犬八公公园那里假装等人。

星期六的晚上让大家兴致昂扬，有几个醉鬼甚至都需要朋友从旁照顾了；又有两个男人不断拦住结伴而行的女孩，妄图跟人家搭话。

这哪里像是公园，简直就是海滨浴场的更衣室嘛。就是这个更衣室里，我呆呆望着十字路口彼方的宽大屏幕，站足了三十分钟。

意大利足球队的奇幻射门、十五岁女星唱出的凄怆歌词、某某名牌推出布满小洞的牛仔裤、德国银轿的最高时速突破两百五十公里……随便哪件事都跟我无关。然而，这些新闻会帮助我消磨时间。

我突然察觉了一件事，一件理所当然的事。

对这个街头来说，我只是一张用来取现的银行卡。

我假装等人等得不耐烦了，便去小卖部看了一看，想弄点东西消磨到午夜之前的时间。报纸和杂志都是很快就会翻完的东西，所以都不合用，更何况我当时根本就没有细细欣赏别人不幸的那种闲情。

架子上摆满了文库本。《血型占卜》、《董事会阴谋》、《人妻哀呼·蜜桃蹂躏》《大联盟中，一郎何以成功》……架子不大，各种书名却全都足以触动人类那无穷的猎奇根性。

我挑了几本感兴趣的，首先翻开解说部分。我小时候手里总是没钱，又不想买到不喜欢的书，所以只好这样，久而久之就成了习惯。

大部分去车站的人都会买口香糖和体育报，只有我独占着小卖部的一隅，挑选文库本。最后，我打算买两本。

第一本是脑筋急转弯一样的推理小说。故事里没有鲜明的人物形象，只有一个很搞笑的主角和一个三重密室内的命案。主角满嘴胡言，喋喋不休。这种内容倒是很适合目前的我。我不想看正经的内容，不想面对真实社会的烦冗和空虚。

第二本算是一本运动史，讲述人类攀登圣母峰的历史，顺带介绍最新研究出来的高科技登山用品。我这个人跟登山无缘，以前无缘，以后估计同样无缘。但是，我很喜欢了解一些跟我完全无关的知识。我想我其实没有从现实的角度欣赏这类作品，而是将之当成了幻想小说。

我拿着两个文库本踏上文化村大道，继而踏进一家偶然瞥见的快餐店。我来到吧台，挑了靠着窗玻璃的位子坐下，要了有色无味的咖啡，交叉翻看那两本书。这个有趣的方法很适合用来看两本不大有趣的书。

窗之彼端，年轻的情侣们飘来飘去，恍若大量繁殖的浮游生物。

明亮皎白的街上，洋鬼子无精打采地推销着假劳力士。

我突然察觉有人正盯着我，立刻回头望去，却是一个二十出头的女子。我跟她之间隔着两个吧椅，两个吧椅上都没有人。

女子的面前摆着一部手机，手机的盖子是翻开的。

被我注视片刻之后，她总算挪开了她的目光。

半夜十二点前后，我把两个文库本都看了一百来页。准备打烊的快餐店开始播出悲伤的旋律，将客人们撵回街头。

我又困又乏，来到一个小巷子里。这里有一家精品店，店门口有水泥台阶。我坐了下来。当然，精品店的铁卷帘早就垂下来了。

"你是不是跟我一样没有伴呀？"

我抬头一看，正是适才那家店里的女子。她不待我开口说话便挨着我的身子坐下。

"我本来有个约会，谁知道对方竟然放我鸽子，而且一直没联系我……要不咱们去喝两杯吧？"

我望向她的侧脸。她五官端正，神情则非常消沉。

"抱歉，我去不了。"

"我从刚才就瞧上你了，你根本就没事做，对不对？"

我笑了一笑，说道："是啊，我闲得要死，接下来同样没有安排。"

"那就来跟我玩嘛。末班车估计早就没了，而且我猜你家里也没人吧？"

我把手里的文库本一合，站了起来，拍拍牛仔裤的屁股一带。

她讶然仰头，问道："你要走了？为什么啊？"

我对她说了一句再见，举足离去。

我上星期六刚刚跟女友分手，这次只是百无聊赖，唯有来到我们经常碰面的街上瞧瞧罢了。

视野里面的一切东西，都残留着我跟她的回忆。

我住的地方离涩谷有三站地，但是我不想搭车，打算走着回家。

末班车那闷热的孤独，我无法忍受。

地精

地の精……

我买下目前住的公寓只有不到四年。"要是哪天拥有一栋房子就好了，但那显然是遥不可及之事。"我以前一直有这样的想法，哪知后来竟碰上了地精。房屋中介真是太可怕了。我一时冲动买下的那片地，跟作品中描述的非常相似，视野很好，地处一个南向斜坡的中部，附近有个公交车站的总站。我第一眼看到那个地方就相中了。中介的业务员将这一带的三大便利条件直白相告，话音里全无炫耀之意。我犹豫了一星期之后，到底是往合同上签了名字。打那开始，我就像是一个投资失败的歌手，突然背上巨额贷款。人生确实无法预料明天。话说回来，我采访某位歌手之后，确实曾用晚上的时间再度去那里确认。当然，我没有邂逅那位离奇的少年。创作这个短篇的时候，我总觉得这对还贷会有点小用，所以很快就完稿了。就当是跟新土地打个招呼好了。我相信土地是大家共有，我们都只是短暂借住，交给别人只是早晚之事。

"这片地底下藏着好些贝壳呢。"

中介公司的业务员如此说道。

那是金秋三连休的最后一天，东京的天空壮阔非凡，只苍穹一隅有几朵云像丝带一样微微拂动。

"啊？"

对方哪里像是业务员，简直就是某个大学的研究生嘛。

"人类对居住环境有比较明确的喜好，而且从绳文时期开始就一直没变。"

这个斜坡的路面明显曾被平整。较远些的地方有条大路，那里耸立着一排排办公大楼，看上去犹如铜墙铁壁。

只要踏进小路，便会来到宁静的小区。这当真是市区中央的地方？难以置信。大概是附近没有高楼的缘故吧，我觉得这一带的天空特别壮阔。

"这需要三个条件。首先来说呢……"业务员伸手向斜坡下方一指，"就是朝南的斜坡，而这个方向刚好是南。"

我的目光对准斜坡下方，只见一片绿意正包裹着无数屋顶，望之如五彩缤纷的台阶，每一级都被涂上不同的颜色。

"第二个条件是斜坡下方的河流水质，要好到可以饮用才行。你看，这里刚好有条河。"

确实如此。

我不禁对这里萌生些许敬意。话说回来，我是听他说有个非常不错的地方才让他带我来这里看的，哪知竟搞得像是来学习考古一样。

我有些不耐烦了，随口问道："第三个条件是不是风和光都很充足？"

中介业务员微笑摇头，那神态一如学者鸿儒。

"很遗憾，您说错啦。正确的说法是背后要有森林，这样环境会比较干净，而且可以获取树木果实和动物的肉。这斜坡的北方以前就是一片森林。"

我仰头回望。斜坡上端一带立着两幢将近五十层的摩天大楼。

"就是那个车站吧。"

业务员点了点头，说道："东京内难得有地方同时满足这三大条件，性价比保证合算！"

我赞同这里是一片宝地的看法。光是来这里一站，就大有游目骋怀之感。

然而，我渐渐开始烦闷。倘若买下这里，我将会背负难以想象的高额贷款。

我那天一身假日休闲的打扮，穿着牛仔裤和一件陈旧的长袖汗衫，脚上则是一双慢跑鞋。这一片平整的红泥土地让我犹豫再三。我对我当时正住着的那个公寓非常满意，交通方便不说，而且我住进去才刚刚几年。

我当然很想拥有一幢房子，但那将是很久很久以后的事情才对……

冷静的大脑给出了思索结果。

话说回来，在这片地方沐浴着秋光散步的感觉实在很棒。

我根本没再寻思要不要买下这里，而是开始随意行走，打量附近的街道，时而仰头目测天空之高，时而倾听远方高速公路上的凌乱动静。

那个业务员似乎自信满满，只见他双手环抱胸前，微笑不语。

"这地方确实不错，但是价格我恐怕承受不了……"

"那个好办，如果您需要贷款，我会帮您介绍一家跟我们关系很好的银行。说真的，虽然我是从事这行业的，年年都会接触三五百个地方，但像这样完美的土地可当真罕见！希望您仔细想清楚了……但是呀，这样的一块风水宝地，估计不会等您太久哦。"

我无法当机立断，所以业务员开车把我送回了家。明明只是看了一片土地，这一路上却觉得身体里暖洋洋的，犹如泡了温泉。

这当然不是我第一次相地，但这感觉真的是第一次有。我不禁暗暗称奇。

两天后的傍晚，我因工作之便又来到那一带的车站附近。

我去车站一家热闹的餐厅解决晚饭时，脑袋里全是这件事情，所以临时打算再去那里看看。

　　从车站出来，沿坡道前行十来分钟，便会看到一个挺大的十字路口。从那个位置开始，前方就不再有办公楼了。路上比较昏暗，很难看到路灯，往来的车辆和人影更几乎没有。

　　我踏进绿意盎然的小区。那一排貌似篱笆的铁管后方，正是我上次看的那片土地。这种时候，这地方自然不会有人。我将蓝塑胶布往上一掀，走了进去。

　　太阳落山快有半小时了，西方的天际兀自留有微光。我来到空地中央，纵目一望，依稀看得到首都高速公路的影子。

　　而后，我开始测量这块地的边长。

　　我走一步大概是六十厘米，只要一圈下来，这块地的长宽便可大致算出。

　　时间虽是晚上，这地方的感觉却舒服如故。白天固然日照充足，晚上的昏暗环境则更加让我喜欢。

　　只剩下最里侧那条边的长度没测量了。

　　"你喜欢这个地方？"

　　正当我打算行动之际，背后突然有人如此说道。

　　我慌忙扭头，只见一片杂草之中显出一个小男孩的身影。男孩似乎只有五六岁大，造型非常怪异，面目姣好有若女子，刘海更是女生爱用的那种妹妹头。

　　"刚刚没瞧见你呢，来这里多久了呀？"

　　说来真是奇怪，我一点都不害怕这个突然冒出来的男孩。

"不知道……很久很久以前，时间都说不清了……总之，我从那时就来到这地方了。"男孩望着车站的方向，喃喃说道，"那个时候哪里有这样高的房子？自然更没有那些开得很快的车了……"

我打量了一下男孩。他穿着一件粗布衣，细细的腰上绑着一根绳子，像是工地里干活的人。

"那个时候，这一带是怎样的呀？"

男孩似乎有些兴奋，立刻说道："全是森林呢！有各种各样的果实、鸟类和蘑菇，可以下河游泳，甚至可以潜水摸鱼。以前呀，这里又明亮又暖和，一点都不潮湿，是非常非常好的地方。"

我点了点头，问道："这样说来，这地方其实变化不大。你一直住这里呀？"

"是啊，但是我从来不做坏事，所以你见到我的时候才不会害怕，对不对？"

确实如此。虽然这孩子以一身古拙的装扮突然出现，我却完全不觉得害怕。当然，这跟他和我大儿子年龄相仿不无关系。

男孩好像有些不好意思了，说道："你就住下来吧。我不会天天都出现的，只有这里要换主人时，我才会出来看看。"

我不禁问道："你的意思是……"

男孩笑道："几十年虽然短暂，但是我真不想挨着讨厌的人，所以就出来看看新主人的情况喽。"

我讶然凝视男孩。

"你上次来的时候是不是觉得非常舒服？那就是我稍微调整之后的结果。"

"譬如说呢？"

"调整风的感觉，限制阳光的强度，让土地本身的味道更浓……叔叔，你跟这里挺合拍的，只要稍稍凸显一下这片土地的性质，你就会觉得很舒服了。"男孩得意扬扬，笑道，"但是呢，那个中介带来的客人里面，叔叔的样子保证最穷。其余的人看上去都是富翁。"

我对男孩报以一笑。

"正是如此！如果我要买下这里的话，百分之九十的钱都要向银行借。所以，我是不是真的该住下来呢？"

男孩双目微闭，我无从识别他的表情。

只听他用难以揣测年龄的嗓音说道："你搬来吧，咱们一同生活。这里虽然称不上完美无缺，但是跟你很搭调。人类和大地之间最重要的就是相合。"

我向男孩告辞，从围栏里退了出来。自不待言，我次日一早便拨通了那个业务员的电话。

卡拉OK包厢里

イン・ザ・カラオケボックス

我最近上了一次电视。那是个很特别的节目，由我采访三名十几岁的青年男女，其中包括补习班的学生和秋叶原的高中生宅男，最后一位则是下文里面的自由行业女生。当时的情况跟故事里讲的一样，我们来到卡拉 OK 店见面，区别仅仅是她那天的打扮比故事里更加拉风。而且，这个年轻的女孩笑称她好几天没洗澡了，那份坦然和若无其事让我相当惊讶。那是她来到东京的第三个晚上。我这样讲恐怕会让大家觉得她很邋遢，实则恰恰相反，她身上有一种说不清的洁净之感。这种洁净的感觉，只有那种寻求展现真我生活的人才会具有。迷茫和痛苦固不可免，然而她毕竟正勇敢前行。这便是她给我留下的印象，而且这印象相当强烈。我们经常会以貌取人，虽然有些人口头上宣称其不重仪容，但他对别人的评价总不免有三分之二是由对方的相貌和服装决定。依我之见，我们真该向这位女孩学习，不要太看重别人的相貌和年龄。

"音效师,准备好没有？是的,摄影机随时都可以了。那好,五、四、三……"

倒计时的最后两下是不出声的。而后,导播打出了"行动"的手势。

新宿歌舞伎町一家昏暗的卡拉 OK 店里,一位女孩和我相对而坐。她的手腕上裹着粉红色的纱质缎带。一台摄影机从正面对准了我的脸,稍微拍到她裸露的肩头;另一台摄影机则从我的右侧对准了她,以拍摄她那涂满白色遮瑕膏的脸部。

电视台的拍摄,就此开始。

"我没有特别想说的话,只是搞不懂人们对年轻人为何会有不一样的待遇,明明只是打扮不同罢了。"

我将她打量一番。她将头发染成了刺眼的粉红色,银色的接发犹如圣诞树上的银丝带,跟前额垂下的不太整齐的长发刘海构成对比。时值寒冬,她却穿着露肩膀的小洋装,蕾丝下摆只勉强盖住内裤。只要她跷上二郎腿,我就看得到她大腿接近根部的白皮肤。卡拉 OK 包厢内的灯管是黑色的,这暗光更衬出她的白皙,仿佛蓝蓝的磷光。

我不大明白她口中"不一样"的意思。

"莫非你这身打扮曾带给你不愉快的经历？"

"是啊，那事情简直讨厌死啦！你听我说。"她双手一拍，话音非常激动，"那是我去歌舞伎町的事，一个西装革履的男人竟对我指指点点，说日本满大街都是我这种妖怪，这样下去哪里会有未来！我当时就火了，狠狠质问他说我招他惹他了，让他有种就当面再给我说一次听听！就这样一直追他到地铁的进站口。那大叔吓得傻了，一句话都不敢再说。"

任何人打扮成任何样子都不会妨害社会，何况她只有十几岁呢，自然更不会碍到那男人的事。

穿哪件衣服出门，是各人的自由。

"哎呀，你好勇敢！"

"我不会向别人服软！我本来就不是怕事的人，反正这些事情又要不了我的性命。这样说来，我其实是那种胆大包天的人呢。"

她摸着项链，笑了。

她脖子上挂着好几条项链，真像是一个饰品商店。迷你麦克风自然就夹在其中某一条项链上。

"新宿这地方，你一星期来几次呀？"

她老家就挨着群马县和埼玉县交界的地方，所以跟新宿离得挺远。

"一星期两三次吧。"

"那倒是不算很勤。"

只见她晃晃食指，说道："不是你想的那样哦。我来一次很麻烦，光单程就需要三小时，所以只要来了就会住上两三天。就是说，我一星期有六天都在歌舞伎町里。"

　　我看到她的指甲上涂有粉红色的指甲油，其中一块都剥落了。再一细看，感觉她的指尖挺粗，似乎最近没剪。

　　右侧摄像机的照明太强，让我的半个身子都热得不行。

　　"你这次到新宿待了几天了？"

　　她伸手摸摸脸颊，我不禁好奇那触感如何。

　　只见她凝望着手指的指腹一带，说道："第三天吧。"

　　我不禁讶道："那你这几天住哪里呀？洗澡很困难吧？"

　　"这次一直没洗澡呢。晚上就随便挑个夜店，早晨醒来要不就去麦当劳，要不就去漫画店之类地方，一直待到中午，傍晚时再去夜店。对了，有的漫画店不是可以冲凉嘛，夏天时我都去那里解决。"

　　夜夜玩到早，三天不洗澡……

　　我突然觉得新宿似乎成了个原始森林，而她则是大森林野生部落里的一员。

　　"你不是天天都一个人玩吧？"

　　"当然不是呀，一般到了傍晚就会有人打电话来商量去哪家夜店，所以只要去对地方就会见到朋友们啦。"

　　我的小说中曾有十几岁女孩离家出走的故事。那是个不幸的角色，而眼前这位笑吟吟的姑娘却只让我感到她身上那蓬勃的活力。

她的笑容非常阳光，非常美好。

"那些朋友都不是群马县的人吧？"

"是啊，都是夜店里甚至是路上认识的。"

我把"路上认识的"这一句存进胸中的硬盘，打算以后在"池袋西口公园"系列中借用一下。

"你就跟这些人一直玩了三天？没有男朋友呀？"

她有些害羞了，笑道："唉，虽然我觉得我挺靓吧，但这两年都没再交男朋友呢。我的朋友里当然有男孩子啦，但是他们都跟正常的女孩交往……你觉得我靓不靓呀？"

她凝眸向我望来。她的假睫毛共有两层，让我忍不住怀疑那是否会搞出鸟类扑腾羽毛时的动静。

突然，我察觉她的双眸竟是不同色的。

"你是不是戴了彩色的隐形眼镜？方便向灯光望一下不？"

她依言侧头面对灯光，用粉色的指甲撑开眼睛。果然，她的右眼是纵向的天蓝色猫眼，左眼的黑色瞳孔则被黄绿色牢牢裹住。

"这算不算是爱美的结果？"

她双手一拍，再次笑了。

"这个真不是。我本来有两副隐形眼镜，各自坏了一半，所以就凑一对喽。不错吧？"

我唯有报以苦笑。

话说回来，双眸的颜色不同，这感觉真是新奇。

"挺有意思的。不知电视机前的观众朋友看得是否清楚。"

她将黄绿色和蓝色的眼睛挨个对准摄像机的镜头。

虽然有灯光辅助，但包厢里毕竟昏暗，恐怕观众是看不清的。实际上，就算用肉眼亲自去看，都很难看清瞳孔的不同形状。

"你的家人对你有没有意见呢？"

"完全没有。我跟家人的关系很好，每天都会给家里打电话，从来不会吵架。"

"就算三天不回去都没事？"

"是呀，他们只要知道我活着就行啦，不会强行要求我不再来新宿，更不会让我回去。他们大概是觉得我只要玩腻了就会乖乖回去啦。"

"我觉得你一直都很开朗呢，难道就没有不高兴的时候？"

我忍不住如此问道。

她拍手笑道："哈哈哈，当然有呀。"

自打见面以来，她脸上一直都挂着笑容。

话说回来，三天不洗澡大概没事，然而……她有没有刷牙呢？

"但是我不会再像以前那样消沉啦！你看——"

她猛然撩开左腕上的粉红薄纱。

那下面是好几条鼓鼓的伤疤。伤疤非常光滑，像胶带一样光滑，跟正常的肌肤完全不同。

她淡然微笑。

我甚至看到了她的牙龈。

"我以前光是自杀就有好几次呢。去我家附近的学校上学时，整天都烦得想死。幸好来到新宿之后这一切都变好了，我结识了朋友，这让我非常快乐。"

我一时没话说了，唯有凝视她布满伤痕的手腕。

她用指尖轻抚那略微泛白的伤痕，说道："黑头发、黑袜子……穿校服假装乖孩子的时候，我经常想要自杀，一天比一天难受，完全体验不到'活'的感觉。后来我到了歌舞伎町，换上粉红色的衣服，头发跟着染成粉红，眼睛则变成蓝色，就像是变了个人！我这才省悟，其实我根本不用努力去学别人的样儿，自由才是我需要的！读中学那些年一直被社会欺侮，所以我现下就算是慢慢复苏好啦。"

粉红的头发，粉红的洋装，粉红的丝袜，粉红的高跟鞋。我的目光一路向下，顺次将这些看到眼中。她这身装扮估计有三天没变了吧。

我突然忍俊不禁。

"如此说来，只要换身行头，人生就跟着变了？"

她的天蓝猫眼紧跟着笑了。

"当然可以呀。虽说本性难移，但换个扮相就很容易，这又不会干扰别人的生活，想穿成怎样就穿成怎样嘛。"

听了这话，我开始认真寻思。从明天开始，我打算戴上不同颜色的隐形眼镜，最好是瞳孔形状都不一样的那种。就算我是大龄的小说家又有何妨？想穿成怎样，就穿成怎样好啦！

Ⅰ先生的生活和意见

Ⅰ氏の生活と意見

回想作家生涯的前两三年，大概称得上我人生中的暑假。正如这故事里讲的那样，我总是把工作随便糊弄一下就开始玩，虽然没玩出个惊人成就，但生活确实悠闲宜人。我一直都很喜欢书和音乐，只要被这些东西包围，我就会觉得幸福。我的幸福是不昂贵的。我从上学时就是个文静的乖孩子，而且这一点至今未变。这种生活，直到我打算搞小说创作的那一天才突然变样。说实话，拿到新人奖之前，这问题尚且不大；怎奈第一本小说出版以后，我就不得不开始劳苦。正如大家平时说的那样，当一个作家容易，想坚持当作家就很难了。前路，是一条无止境的上坡。前些天看了看各大杂志的新人奖，似乎想当作家的人是一天比一天多了，而得奖者低龄化的倾向同样是一天比一天显著。这里面当然有商业上的因素。要知道，十几岁、二十几岁的你的人生，根本不会因登上文坛而宣告落幕，所以不妨等积累了大量素材之后再出道吧。

I 先生①是个不折不扣的乐天派。

他生来就很乐观，这是拜他的大脑结构所赐。好事都被牢牢记住，坏事则很快就被忘掉。这跟他的故意无关，完全是自然之举。就生活而言，迟钝确实是一种非常有用的特质。

I 先生三十出头，从事广告传媒的工作。这时距离泡沫经济的崩溃都有好几年了，情况虽有好转，却始终不见大的起色。世界诚然很大，怎奈每个人都是不值一提。一个人有望吃饱，全家才有望吃饱，足以糊口的小工作总是有的。

I 先生并不喜欢他的行业，无论接到怎样的业务都会漠然置之，不会超额付出。幸好他虽然冷淡，工作倒是完成得快速而又正确。这世界上的工作真可谓俯拾皆是，就算 I 先生不去特意寻觅，适合他那种工作态度的业务都会自然出现。未来虽然全无保障，眼下的生活却是闲适自得，不愁吃穿。

那种独领一时风骚的广告语，I 先生此人怕是想不出的。毕竟他缺乏兴趣，又完全不喜欢去想。

---

① 作者名字的罗马读音是Ishida Ira。

其实 I 先生明白得很——他到底是年逾而立的人了，若再不好好去做，任何行业都不会容许他出人头地。他拥有专注的天赋，只要两小时就足以搞定一整天的工作，而剩下的时间自然就拿来当个自由人了。

I 先生很会享受生活，他住的地方离银座不远，总是在上午完成工作之后去银座逛街。他一般是去书店和唱片店，倘若有喜欢的影片上映则会踏进影院，间或去名牌店买件夹克、西装。

久而久之，这种烧钱行动带来的乐趣不免逐日下降。书籍和唱片的数量一直成倍增加，足以打动他的内容却不再常有。随着衣柜被衣服塞满，添置新衣服的欲望便自然丧失。

他无事可做，唯有用随身听播放音乐，终日往复游荡在银座街头。

他刚刚三十出头，赚的钱虽然比上不足，跟同龄人相比则接近对方三倍。他比读大学的时候更闲了，成天跟书籍、音乐和影片相伴，而这正是他上学时向往的生活，包括他的妻子都是年轻貌美。总之，这一切都不会滋生他对生活的不满。

I 先生享受了三年的安乐生活。

人类永不知足，不管生活的状况怎样被别人羡慕，时间长了总会对一成不变的环境生厌。I 先生对这一点体会尤深。这种生活确实舒服喜人，但就算是天堂又如何呢，日子久了总不免招人厌倦。安乐的生活只会让他一天比一天烦。全球各地的宗教用天堂招徕了数不清的信徒，无奈 I 先生对天堂早就没了兴趣。

同辈的朋友们虽然成天抱怨生活，工作方面却各有各的成就感，而I先生天天享用最棒的书籍和音乐，怎奈艺术对他根本没有大用，充其量只是让他当上一个高水准的业余之人。

I先生对阅读、音乐和闲逛的生活渐失兴致。某日，他去附近的便利店翻阅女性杂志，刚好看到了星座占卜的内容。

白羊座的运势——

"未来两年内，白羊座将深受土星（压力）的影响，故唯有直面人生，使某些内在的东西开花结果。这是白羊座以后两年间的难题。这段时间内，适合学习某些东西并挑战自我极限。"

I先生随手翻看，看到"开花结果"这个词时，心头登时一震，再看到最后的"自我极限"四字，立刻拿定主意。反正时间富裕，广告工作就继续做下去吧。倘若让理想变成现实，估计会是件挺有意思的事。当然，事情不会太好办的。但凡喜欢阅读之人，无不向往创作，然而那创作的世界绝非坦途，就好像……

I先生设想了一种情况——脸颊像红苹果一样的农村姑娘，打算当个女歌手甚至女明星。阅读量是一回事，实际创作则是另一回事。I先生对此事颇有自知之明。

两年犹如一瞬，委实太短了些。他的日常生活费用只靠工作就足以维持，倘若真有兴致，不如先拿个五年出来慢慢创作。要是有一天经人介绍结识了某个杂志社的编辑，偶尔把短篇作品直接拿给编辑部的人看……想想就觉得有趣。

他想要的不是当一个作家，而是出一本短篇集。以后见人不用带名片了，直接揣上几本大作出门……这想法当真让他兴奋。

最不济，可以把这当成一个遥不可及的梦，讲给小孩子听。

I先生正如我们一开始介绍的那样，是不折不扣的乐天派。

第二天，他真的动笔写小说了。他本就没有成功的念头，所以全无压力，每天都可以轻松解决一定张数的稿纸。倘若不想写了，就直接搁笔休息一下，等到次日再说。

说来真是奇怪，不管广告业工作的回报再怎样丰厚，他都无法坚持连续工作几天。然而，创作小说的时候，不管写得再长、再久，他都不会有厌倦之感。

I先生创作的不是那种寻求自我的故事，他应征的那个文学奖只接受娱乐小说。I先生当然不知道他适合哪种题材，所以完全是凭兴趣挑了一个奖项。他根本不介意那个奖项是不是纯文学的，反正任何门类的小说都会让他获得乐趣。二十世纪的文学界把小说分得太细，这是I先生这位老读者一直以来的意见。

I先生全无创作的理论可言。艺术理论史这种东西根本就是死人的历史，某些经典之作固然会留存下来，但一切创作上的理论其实都是牵强附会之说。艺术家首先是人，他们只是想用他们的观点来解释一切事物罢了。人一旦拥有权威，就渴望创立一套语言体系来解释世界。想要彻底理解世界，是人类永恒的欲望。

动笔之后的半年间，I先生先后尝试了悬疑小说、纯文学和幻想小说，结果大大超出他的预料。有一天，他散会回家时，看到信箱里有一封信。信是出版社寄来的，上面盖着加急的红戳。

I先生如坠雾中，打开一看，竟是作品杀进决选的通知。I先生喜欢小说，却从不看那些小说杂志，所以完全不懂得文学奖评选流程，甚至不知道评审要分成第一阶段、第二阶段和最终阶段。

时隔数月，这样一份通知突然出现，他却只有茫然之感。

他每次寄作品时都会附上一些资料，内容包括他的地址、本名和照片。妻子总是在沐浴着夕阳阳光的房间内帮他拍照，继而装进信封。这酷似某部西洋影片里才有的镜头——默默无闻，却又贫穷、美丽。

I先生虽然谈不上"贫困"二字，倒确实是一个默默无闻的作者。

事后想来，那段日子恐怕是"当小说家"期间最快乐的时光。

当他第三次有作品杀进决选阶段时，他早就不拿这种评比当回事了。这次冲到最后阶段的是他的中篇推理小说。这个时候的I先生其实很有把握——倒不是说对这部作品有把握，而是他陆续几篇作品都顺利冲到最后，足以证明他具备了夺取新人奖的水准；不确定的只是拿到奖项的时间和作品罢了。

世界杯日韩足球对决的那天，I先生打开了电视。比赛的最后二十分钟，大逆转突然出现，日本队反败为胜。

时钟指向晚上九点。

哎呀呀，难道这次又被刷下去啦……

正寻思间，客厅的电话响了。

"恭喜你！评委选中了你的作品！你得奖了！"

而I先生只是淡淡说了一句："谢谢。"

挂断电话之后，他把这消息告诉了一旁的妻子。妻子向他道喜，他却觉得这不大像是真的。那个晚上，他早早洗了澡，上床睡了。

次日醒来，他只觉得一切都好到惊人，那感觉就像是从经年累月困住他的沉重枷锁中被放了出来，包括阳光都比平常耀眼。

那是秋日里的晴朗一天。

I先生又出去闲逛了。从他家去银座只需要短短的十五分钟。然而，正是这十五分钟让他突然看清了街道的美丽、天空的蔚蓝、隅田川舒缓的流水……这一切是如此美好。

这个时候的I先生根本不知道他的未来将会怎样。

翌周，妻子把怀孕的消息告诉了他。那是他们的第一个孩子。

第二年——象征重压的土星被摆脱的那年，书店里出现了他的作品。他的出道作被拍成了连续剧，而且获得了"传说中的连续剧"之美誉。

乐天派对未来的天真预测被彻底颠覆。

I先生的故事呀，短期内注定不会告一段落。

自卑

コンプレックス

我是很喜欢用对话的。若允许只有对话，我会对个没完没了。一旦拟定了两个角色，对话就会持续进行。对话算是"拆招"的一种，接住对方话头的同时，只要加进新的要素，再稍微控制住推进的速度就没问题了。这就如同自动导航系统，只要选好了目标地点，就可以顺风而去。这次交稿之前，我真是没想出任何题材，只得祭出我这个作家最擅长的招数。这对长篇小说是不大灵的，但对付一个掌心小说则易如反掌。从某种角度来讲，这倒真是展现作家水准的机会，所以我可谓乐在其中。我一直搞不懂女人为何都有自卑之念，而且自卑的都是大部分男人根本不会留意的部位。她们似乎都觉得，倘若身体上没有了这个缺点，就可以彻彻底底享受人生了，结果这种杂念反而影响了她的魅力。实际上，男人都是睁眼瞎，所以你们千万别搞得太自卑啦。

"你是男人呀，所以你不会懂的。"

"这话怎讲？"

"你身上没有值得自卑的地方。"

"……"

"没话说了吧？其实，任何一个女人，身上都会有说不出口的自卑的地方。"

"但是，我们都交往四个月了，甚至曾结伴出去旅行……你真是放不开呢。"

"我自卑呀，所以才放不开。"

"我把你浑身上下都摸遍了，就算对你身上的味道都一清二楚，怎么就不行呢？"

"不行就是不行。"

"搞不懂你。我提的又不是无理要求。但凡是健康的男人，都会有这种想法吧？再说我又不是说去阳光底下做那种事，只要有点灯光就行了呀。看看女朋友的身体，不是很正常的想法？"

"我觉得不需要那样做。这样子就挺好的。"

"的确很好，但是我不满足呀。"

“你……不满意跟我做那种事？”

“当然不是啦，这方面我很满意，只是希望更好一些。”

“但是，我觉得到这个程度就行了。”

“我觉得不行。我们认识才四个月，相互间的了解自然不会完美。以后只会更好。我相信你会克服自卑。”

“我觉得不用克服……”

“要的呀，那样会更加快乐！”

“比如说呢？”

“比如说，就像我之前说的那样，我们没洗过鸳鸯浴吧？也没有一起去泡过温泉。”

“泡温泉是没问题的……”

“你是想穿泳衣泡吧？而且，我们从来没在亮堂的地方做过。”

“我说了，我不想让你看到某些地方……”

“你不用反复强调这个啦，我知道你想的是你的胸部。”

“你给我听着！不许你再提这个！要是你再说这个，我立刻离开这里！”

“知道啦，知道啦。但是，一直都窝在黑漆漆的卧室里真是很奇怪呀，搞得跟‘报恩仙鹤’^①似的。”

“你就不会说是‘雪女’呀？当冰山美人总比当仙鹤要好一点儿吧。”

---

① 日本民间故事。一对穷苦老夫妻收留了一位姑娘，姑娘织布的手艺很好，帮老夫妻解决了生活上的困难。但是，姑娘织布时总要躲到屏风后面，禁止他们去看。老婆婆非常好奇，忍不住往屏风后偷看一眼，结果竟看到一只仙鹤，正大张翅膀，用嘴拔下羽毛，夹在线里，拼命地织。原来，仙鹤是要报答老爷爷的相救之恩。

228

"这个又没有大的区别……总之，我不太喜欢黑的地方。视觉的刺激对男人来说是很重要的。"

"没有刺激，你跟我就做不下去了？"

"那倒不是，眼前这段时间当然没问题的，但时间长了呢？搞不好会觉得没意思吧。"

"没意思？你竟然说没意思？"

"是我说错话了，抱歉。但是，不管再怎样新鲜、美好的事，时间长了总会不再新鲜……"

"……"

"如果你有空回想一下以前交往的人，估计就会理解我的意思了。"

"是啊，那种事确实会渐渐失去新鲜感。但是，对一个人的爱情是不会变得不新鲜的吧？"

"这正是男女间的不同。男人的爱和喜欢，有一半其实来自性欲。男人要持续一段感情的话，不会只靠喜欢。"

"你是说，只要去亮堂的地方做那种事，你的新鲜感就会保持下去？谁信啊！视觉的刺激只是暂时性的，早晚总归会被你厌倦……"

"看来你没有听懂呀。我刚刚只是打一个比方罢了，又不是说只要去了亮堂的地方，我就会到死都充满热情。哎呀，我只是希望你克服自卑，体验一下各种可能性嘛。"

"我说了好几次了，我觉得这样就挺好的！我很喜欢跟你做那种事，而且我觉得咱们做得挺到位了！"

"谢谢你的认可，但你如何知道这就是最好的？我们总是循规蹈矩，完全没有冒险的精神。咱们做那种事的时候，我偶尔甚至会觉得你有一点点保留呢。"

"哪里会有那种事！我只是按照我的喜好来享受罢了。我一直以为你知道呢！"

"我不是不知道呀，只是觉得你做那种事的时候好像不大喜欢跟我沟通。"

"你做那种事的时候喜欢不断说话？非要像 A 片里那样装模作样的才行啊？"

"哎呀呀，我不是那个意思啦，而是你可以告诉我想要哪个姿势，或者今天觉得特别舒服之类的……你从来没有主动给我任何信息吧？而且，不管我想要怎样，你都会说这个不行那个不行。"

"谁让你总提无理的要求。"

"没有呀，我哪有提无理的要求呀，都是正常人会做的事嘛。"

"正常人？谁呀？那算正常？我问了我的朋友，结果谁都没有那样做呀！大家都是晚上关灯之后做那种事，根本没听说有谁会跟爱人洗鸳鸯浴。毕竟一个人洗才比较轻松吧。"

"洗鸳鸯浴的目的又不是放松……你朋友说的恐怕不是实话，我的朋友就都这样做。"

"哼，那是一群花花公子吧？"

"哎呀，我是说大学社团里面的朋友啦，那种地方显然不适合泡妞呀。再说，我不是介绍了几个给你认识来着。"

"我对你的朋友没兴趣，甚至懒得去了解他们。眼前的问题是，我们以后怎么办呢？"

"我懂你的意思，但是他们真的不是花花公子，包括我。"

"知道啦，知道啦。对了，其实我有些话一直忍着没说……"

"那你说就是了。我一直等你主动开口呢。"

"那我就直说了。虽然有点扫兴，但是……你上床之前，用杀菌皂洗洗手吧，好不好？"

"竟然是这个……这跟那种事根本没关系嘛。"

"喂，我是很认真的好不好。我以前的男朋友很随便，没洗手就跟我上床，结果害得我发炎，吃了好些药才总算治好。这件事我之前都没跟你提，但我真的希望你以后先洗洗手。"

"怪不得你会往我家里放一块杀菌皂呢！"

"是啊。"

"话说回来，欲火焚身的时候却要去洗手间……这很难的。"

"这个我当然知道。要是你真这样做了，我会很感激你对我的体贴，会更加热情回报你的。"

"那好，我从下次开始都会这样做。那你呢，要不要陪我努力？"

"不要。"

"哎？这很不公平呀！"

"我这个是自卑好不好！会持续一辈子的！女人总会被拿来跟另一个女人比较容貌和身材。这种自卑的宿命，你是不会懂的。"

“我当然不会懂啦。我更不懂得你干吗特别介意两边胸部不一样大这种事情。”

　　“哎呀，不是说好不提这事情的嘛！”

　　“如果避而不谈的话，咱们一直都不会有交集呀。”

　　“那倒是，不会有交集……”

　　“唉，我累了，咱们随便做一下就睡吧，好不好？”

　　“那我去关灯啦。”

　　“好吧，真是输给你啦。对了，要是我戴个眼罩，行不行啊？”

　　“行啊，你戴吧。”

　　“好！”

短篇小说烹饪法

短篇小説のレシピ

这次的短篇故事是在台场地区一家电视台的休息室写的，那间休息室窗外的空地上盛开着高茎一枝黄花①。进摄影棚录现场直播栏目之前的那段时间，精神往往是最集中的。狭小的房间里面，我一人独坐，甚至没个说话的对象。我们当天上午就确认了流程，这时真是闲得难受。幸好我生来就是工作狂，所以就开始构思快要交稿的作品。这系列只剩下三个故事了，倘若结束之际突然把所有故事来个大串联……从一部作品的角度来讲，结束时最好有个高潮。我想使用别的作家不曾碰触的手法，结果就想到了手工荞麦面。不妨介绍一下创作短篇小说的过程吧，就从只有水和面粉的状态开始，到下个月再细细品尝一下成果！这个办法真是不错，然而正所谓说来容易做来难，天知道结果将会如何。说真的，我直到完成这个故事，都没去想这问题。

---

① Solidagoaltissima，北美的菊科草本，蝎尾状圆锥花序，繁殖能力极强，另有"粗糙一枝黄花"、"北美一枝黄花"等译名。

一切开端几乎都是空空的零。

任何作品，最初都只有一片空白。

天知道这次的小说会是怎样，反正我现阶段只晓得交稿日期（今天！）和字数（十页稿纸）这两项内容。脑袋里只有一片虚空，立体得简直可以抓到手中。

这种时候，我会带着随身听上街徘徊，要不然就坐到咖啡馆凭窗愣上一两小时。

再不然，就像这次这样，利用录像前的空当到休息室里慢慢构思，看看有哪种题材适合写个短篇出来。

我盯着空白的稿纸，回想最近有没有哪件事比较有趣，仿佛一个暑假快要结束的小学生，细细"检索"近期报刊上的各种事件。

我很讨厌那些阴暗而又缺乏深度的事件，譬如某个自闭的儿子把全家人都杀光了、毕业生反水攻击母校、媒体被企业收买……

这本《掌心迷路》只剩下最后三个故事了，我当然希望收官时布置稳妥，一点点攀至高潮。

我"检索"的不光是社会新闻，更有周围朋友甚至我认识的作家的八卦消息。倘若我换个名字把那种事写出来，恐怕会被人家痛骂一番。话说回来，只要稍稍调整一下细节，就算是我本人碰到的事情都可以拿来灵活使用。然而，那个当了十年跟踪狂的故事，毕竟是太阴暗了……

　　——对了，我今早似乎又收到身份不明者的恶作剧传真了！哎，这个真是太危险了，而且没有大用。

　　我全无头绪，束手无策，索性躺到了榻榻米上。

　　昨天，我把刊登了之前二十一个故事的杂志统统放到桌上，把之前故事的标题都整理出来，那感觉真是壮观。内容好不好姑且不管，反正标题的品位都不算糟糕。刚开始的时间相对充裕，所以我都是充分构思之后才动笔写的。

　　到了第四个月，我突然拿到了直木奖，这真是受之有愧。而我的生活则失去常态，猛然间忙得不行。

　　我一度打算以"兵来将挡"的轻松态度相对，哪知到底守不住呀。一个月内接受共计六十家报纸、杂志和电视台的采访，这根本无法想象！

　　交稿的日子当然不会因此推迟。就这样，我失去了私生活的时间和提前构思小说内容的时间。

　　没进行准备运动就突然跳进冰冷的泳池……

　　没错，后来有段时间的创作感觉正是如此。本来觉得这下子真完蛋了，哪知竟又交出了值得一读的手稿，甚至几番出现一晚上解决五十页稿纸的情况。

这一年来，我有好几次是十二小时内搞定将近一百张稿纸。和时间赛跑固然让我疲倦，无奈我没法停下。若不打败眼前的敌人，落败的便将是我本人！

唯一的选择，就是对手中的长剑充满自信，只一动念便刺中距离最近的敌人的要害。那段日子，正犹如闭上眼睛乱挥宝剑。

只要时间充裕，交稿日远得跟地平线一个距离，我就忍不住想搞一些前人未竟的杰作，只可惜这野心总会随着交稿日的临近而自然萎缩，觉得只要是佳作就凑合了——不，就算整体上没有新意，只要有一个让人难忘的点，那就行了。而后，交稿日渐渐变成横亘眼前的壁垒。只要能翻过去，留得青山在，随便怎样的作品都没关系吧！小说之神啊，快快赐给我战胜这堵墙的力量吧！

再然后，我就成了个跳高选手，勉强翻越了交出稿件的那一天。

话说回来，上面这些真的不是哭诉，更不是抱怨。这种状况不是任何人都会碰到的，而且不是任何人都会顺利过关。

我要再感受一下青春的感觉！虽然有点难……这些年来，我那上进的精神堪称一如往昔。而那种快乐的事嘛，时不时就会有一两件。想不到的是，有些读者竟然认可了我的工作，他们真是太善良了。

我临窗而望，把休息室前方空地的风景又看了一番。

——哈哈哈，该具体想想小说的结构喽。

这几个月以来，我用的一直是第一人称。何以如此？唯有"方便"二字。而这一次呢，我这个懒蛋希望作品跟之前相比会有点不大一样，所以打算动用第三人称。

这次不要光靠灵感了。要认真构思，拿出动人的故事！

倘若没有新的题材，就用时下流行的话题好了。

我偶然望向之前调到静音状态的电视。那上面正播放着新影片的预告。对啊，最近的影片似乎都挺喜欢用幽灵的，包括套路都很相似——纯真的幽灵来到家人面前，就自身的死亡向大家恳切致歉。

好一堆催人泪下的鬼故事。

我拿来 A4 复印纸，写下"幽灵"两字，又画了一个箭头，补充如下字样——

"年轻、漂亮、纯真的幽灵是很讨厌的。"

我脑袋里的小说引擎似乎有点动静了。这真要感谢以前看的那堆玩意儿。

关键字好像有了！

电视上播的是我参加的节目之前的节目。"岚"的樱井①正下海潜水采鲍鱼。

我看到他的脸都白了，嘴唇都紫了，不禁暗叹这年头当偶像真不容易。跟他相比，我登台之前尚且有空构思小说，真可说是轻松死了。

---

① 樱井翔（1982—），日本偶像组合"岚"的成员，兼有歌手、演员、主播等数种身份。

240

我打算用后来想到的一句话炮制出一小段文字，其中有一句是——

"死后都要撒谎的幽灵。"

我不再是个年轻人了，所以主角就是一位中年男子吧。此人因故暴卒，以幽灵的身姿重返人间。这家伙变成幽灵的用意，不是要讲明真相，甚至不是抱有善意，而是要圆他生前撒的谎。

只有这个样子，尚不足以形成小说。然而，最关键的桥段毕竟有了，最困难的环节到这里就算是搞定了。只要懂得保证小说主体的趣味性，基本上就稳赢了，接下来要做的是补充些许细节，描绘各种状况，增添登场人物，想方设法让情节丰富一点……对了，不如搭上一个带有讽刺意味的名言警句吧！我最擅长这一招了。

中年男子成了幽灵之后，第一次出现的地方是哪里呢？到了这个阶段，我忍不住哼上了歌。

不消说，自然是去见妻子和情妇呀！理由？嘿嘿，显然是他的妻子和情妇曾经是好同事、好朋友嘛，而男人则是这两个女人的主管。妻子跟男人结婚之后自然而然就离职了，情妇却一直给男人打下手。

想象力真是神奇的东西，只要开个头，后续的内容就会滚滚而来，仿佛是个永动机。

我的眼前出现了一张男人的脸。男人的镜片很厚，神情黯然，有点儿谢顶——这一点直到变成幽灵都不变。男人很瘦，肩头和胸前都没有肉，唯有肚子是圆乎乎的。

"腹"……

我将这个字落到了白纸上，结果立刻续成了"腹上死"这个词。这虽然只是个文字联想，但没准儿会是一个不错的开端，很抓人眼球。

男人跟情妇幽会之际突然晕倒。

要不要丢下男人，独自跑掉？要不然就冒被曝光的风险，给他喊救护车来？

这不就添了一个踌躇难办的桥段嘛。

地点是两人公干时下榻的饭店，所以就是某家商务酒店。时间嘛，最好是春暖花开之季。染井吉野①的花瓣飘到了救护车的风挡玻璃上，鲜红的旋转灯突然停到叶樱②下方……这两个画面都不错。

妻子和情妇的年龄都比丈夫小五岁吧，四十出头就行了。其分类则是最典型的那种——妻子是贤惠型的，情妇则是上班族。这样会让两人之间的区别更加明显。倘若弄得太细，十页稿纸就容不下了。

故事最好从高潮的部分展开。

男人一上来就死了。一阵惊慌之中，妻子来到了情妇的面前。男人不想破坏那两个女人的自欺欺人，唯有拼命跑回她们跟前。

这个男人渐渐变得惹人同情了嘛。

---

① 日本樱花的品种之一，有"吉野樱"之别称。
② 樱花凋谢之后刚长出嫩叶的樱花树。

我随手画了个八字眉，就像大导演伍迪·艾伦那种；而后又大致画出两个轮廓——胖乎乎的妻子、凹凸有致的情妇。

　　这两个女人方方面面都不一样，男人委实无法放弃其中任何一个。

　　他到底会对这两个女人说出怎样的谎言呢？

　　就算成了幽灵，他信口开河的本性都不会有半点动摇。只是死一次罢了，哪里有教训可言。

　　从女人的角度来看，男人的谎言就如同一眼见底的浅滩。

　　至此，缺的就只是细节了。

　　——哎呀，险些忘了取名字了！

　　"死后都要撒谎的男人"？这个太直白了。"笨蛋死后都只是笨蛋"？这个有点索然无味。"春夜之谎"？日本人的劣根性之一就是一切事情都要扯上季节。"死前瞎编"？有点意思，但按理说该有更好的才对。

　　那"死和死之前的一个谎言"又如何呢？我觉得这标题很适合倒数第二个故事。

　　欲知其内容如何？且看下月分解！

死和死之前的一个谎言

最期と、最期のひとつまえの嘘……

我的第一部长篇作品《守护天使》里面就有幽灵出现，那是一部幻想小说，时间是一九九九年。那个时候，我只是文坛上的一个新人。小说主角纯一（幽灵）生前是做投资的高手。那部作品里面的幽灵都具有符合各自性格的特殊本领。纯一的特性跟"电"有关，可以用意念打开电器的开关。这种本事无疑是很方便的。电视、DVD、空调、音响之类都不再需要遥控器了，谁让那些遥控器用的时候经常不见影儿呢。变成幽灵的纯一继续用这种本事照顾他的女友，直到拼死打败敌人，才惊悉关乎自身死因的悲哀真相……这是我的第一部长篇小说，经历了几番调整，以致回回看到最后五十页都难忍泪水。我这人头脑简单，时常被亲手创作的故事打动，这个集子里面同样有几个故事一度令我鼻酸，不知这算不算自作自受？要不然就是自导自演吧。总之，创作小说真是件匪夷所思的事。

谷原行弘大汗淋漓。他下了床，正要走向冰箱之际，突觉脑袋里一阵剧痛，甚至没工夫用手抱头……

他挨着酒店的大床倒下。跟情妇同吃的意大利料理吐了一地。

（完了……）

行弘的母亲很年轻就被脑溢血害死了。因之，行弘早有碰到这一情况的觉悟，却委实想不到竟是跟情妇到酒店里共度春宵的时候……

痛感更剧烈了。行弘的意识渐渐消失，犹如滑下漆黑的楼梯，登时没了知觉。

下一瞬间，他竟然飘到了天花板的一隅，从那里俯瞰着这个双人间。

他看到他的身体抽搐不止，不光吐了一地，而且尿了。地毯上湿了一圈，只有那白花花的将军肚玩儿了命地上下起伏。

（我竟然会是这种死相……）

行弘冷静打量着失去了灵魂的肉体。

"喂，没事吧？"

浴室的门被打开。水月美苗用浴巾将身体一裹,探出头来。

行弘从斜上方怔怔望向美苗,望向她玲珑的身材和头上的浴帽。这两年来,他跟美苗共享的时间甚至比跟妻子基子共享的时间都多。

美苗瞧见行弘瘫软倒地,吓得浑身颤抖。她蹲下来摸摸他的胸口,察觉心脏尚未停跳,立刻冲向沙发,打开手提包掏出手机。

她掀开手机的翻盖,正准备打 119 的时候,突然扭头瞧了瞧一丝不挂的行弘,继而又低头望向自身尚未擦干的胴体……

行弘跟她拥有同一个秘密,自然猜得到她脑袋里的想法。一旦喊来救护车,他们的地下关系兴许就会见光;但若见死不救,只怕深爱的男人便会死在眼前……

"唉,我没救了,你快点穿衣服离开这里!"

双人间的天花板上,行弘狂喊大呼,无奈美苗似乎一个字都没听到。

没有了躯体,就无法开口说话。

行弘努力下降,靠近他的身体,伸手触摸不断抽搐的胸部,立刻被行将就木的肉身吸了进去,那感觉就像是被龙卷风快速吞噬。

头部的剧痛又回来了。他忍不住用右手狠狠敲击地板。

美苗似乎被这动静惊醒了,慌忙拨出电话,喊来了救护车。

行弘无法忍受剧痛,急急离开了肮脏的身体。

温暖的春夜里,一辆救护车夺路直奔市中央的急救医院。

行弘的身体被放到了担架上，挂了点滴。他的瞳孔放大，脸部的肌肉软软垂下。仅仅十五分钟，他竟像是又活了二十几年。

（看来我真就这样去了……）

狭小的救护车上自然有美苗的身影。行弘看到她那一袭深蓝的长裤套装，不禁想到妻子基子和絮叨的父母。基子和美苗是有十几年交情的好同事、好朋友，而且是同时进那家公司的。所以，这件事无论如何都要隐瞒到底！

瞧见美苗那痛不欲生的样子，行弘深深悔恨死之前竟没有给她留下只言片语。

对了，刚才右手不是动了嘛……索性再试一次吧。

行弘缓缓回归白床单下的肉身，顿时头痛欲裂。然而，他真的很想留下遗言。

神志清醒之后，他的上半身竟是坐着的状态，刚好面对呆坐脚旁的美苗。

"谷原先生，谷原先生！都说了别动呀，这就要到医院了！"

急救人员慌忙伸手按住行弘的肩，想要让他躺下。无奈行弘咬紧牙关，抗命不从。

"我只爱你一个。最后的时刻，我很想有你陪伴……如果有来生的话，希望我们……"

行弘对美苗说道。美苗点了点头，泪如雨下。

头疼得太厉害了，没办法再忍下去了！他无法再坚守这身体了。

"后面的就麻烦你了……瞒住……要瞒住啊……"

行弘刚一离开身体，就听到身体"咕咚"一下躺倒。

倘若没了灵魂，躯体就只是一个壳子，有没有心跳和呼吸都无所谓。

春夜之中，行弘陪着他的壳子和泪流满面的情妇，来到医院。

基子从横滨抵达这里，都是一小时后的事了。

行弘的身体被放到了核磁共振仪器里面。实际上，他这时正挨着美苗，坐在检查室门口的沙发上。

美苗紧张得要命。

"美苗……"

基子沿着走廊匆匆跑来。

美苗脸上登时闪现惊慌之色，行弘不由得一阵怜惜。

哪知这两个女人接下来竟是紧紧相拥。

美苗哭道："都怪我不好，明明陪着他，没想到出了这种事，真是对不住你。"

行弘去东京开会的时候，倘若会议因故加长，影响他回来，他就会去住那家商务酒店。行弘和美苗隶属同一个工作团队，经常结伴公出。

美苗是行弘的得力助手。她真的非常优秀。就拿这次来说吧，她换好衣服之后，先出去把门关好，然后喊酒店的人帮忙开门。美苗打算把这件事解释成这个样子：两人正要碰面讨论工作，哪知行弘突然昏倒了。

检查结束之前，基子见不到行弘的样子，只得向美苗询问他昏倒时的情况。

　　"他前几天确实总喊头疼，真想不到会突然昏倒……他那时候在干什么呢？"

　　妻子开口询问情妇的时候，眼睛都红了。

　　"不知道呀。酒店的人打开门的时候，他身上没穿衣服，搞不好是洗澡洗到一半吧。我们开了一下午的会，部长似乎挺累的。"

　　"这样啊……听说是大脑蜘蛛膜下腔出血？"

　　"这个不如等一下问医生吧。那个位置似乎不大容易动手术，恐怕要用生命维持器和输液降血压了。"

　　两个女人对视一眼，又都哭了。

　　"美苗，我爸妈就快来了，你先回家吧。谢谢你陪他到医院来。我会照顾他的。"

　　美苗一愣，只得离开沙发，站起身来。她主观上当然是不想走的，这时却唯有沿着昏暗的走廊离去。到了这个份上，她无法再为行弘做任何事了。他们毕竟只是公司里的上下级，恐怕以后都很难来这里探望他了。

　　幽灵眼睁睁瞧着苗条的身影在走廊上渐行渐远。

　　是夜，行弘的身体被挪到了重症监护室的病床上面。长时间的输液导致他脸部浮肿，几无人样。

　　他双目微睁，突然间流下了眼泪。

　　监护室里有张小床。基子坐在床上，手搭在行弘的小腿上。

她喃喃自语。

这里毕竟是夜晚的医院，所以行弘听得清清楚楚。行弘当时正挨着桌子坐着，一听到她说话，只惊得身体一弹。

"你昏倒的时候，为什么偏偏跟她在一起？为什么不是在家里？你为什么选择了她？"

搭在他小腿上的手突然用力一按。基子泪光闪闪，开始折磨他僵硬的躯壳。

想不到她早就知道他和美苗的事了。

基子反复使劲按他的小腿。他的身体隐隐作痛。是不是背叛基子一事让他良心有愧？唉，是该给妻子留句遗言才对。

他回归了靠人工呼吸器勉强支持的肉身，怎奈身体软绵绵的，一点劲儿都没有。

他咬紧牙关，微微一抬脑袋，嘶哑着嗓子道："谢谢你，基子。你是我最爱的人。真是可惜，想不到我这条命竟然会这样结束……"

虽然只有半天的时间，妻子那丰满的脸颊却明显消瘦。她搂住丈夫的脖子，珠泪滚滚而下。这让他有些讶异。素来镇静自若的妻子，此时此刻竟犹如惊慌的野兽。

"别扯谎了……但是，撒谎和外面有人都没关系！只要你好好活下去就行了！不管你再怎样伤害我，再怎样过分，都没关系！求求你了，快点好起来，再对我撒几句谎吧……"

行弘的眼泪无法遏制。他跟基子结婚十七年，一直没要孩子。他真的很感谢妻子。

他再度回归了几近陌生的肉身，以求临死前一诉衷情。

再见，再见，再见！

さよなら　さよなら　さよなら……

一个月一个小故事，回回都是十页稿纸，就这样持续整整两年。这份工作，真的要比预想中的辛苦。然而，当一切结束之后，我确认了一件事——我很喜欢这种小说。日后，当我年老体衰，难以应对长篇连载小说的时候，就一周写一个掌心小说好啦。这种乐趣，一定要好好享受一下才行。我是很认真的。二十五年以后，我想要这样的生活。这是最后一个故事了。我想要说的是："再见。"这不是说给哪个人听的，而是献给那些不知不觉从我身畔消失的东西。真正喜欢的东西，总会铭刻在生命的细节之中。描写这些东西，其实就是按照年头来追忆往昔。我选中的是录音机、自行车和打字机。实话实说，我选的东西确实难以让人眼前一亮，这是没办法的事情。谁让咱是蜗居派的，只喜欢创作、音乐和闲逛呢。我从小就只做喜欢的事，生活非常任性。感谢大家把如此"自我"的作品读到最后。希望我们未来会在别的掌心小说里再次相聚。不管如何爱惜，我们身畔的东西都会一点点消逝，而且往往是不知不觉就没了影子。那些东西会根据各自的意志谢幕下台，一如大象们默默前往墓地。进初中时学校给的派克钢笔、进高中时学校给的精致手表、女朋友给的围巾和毛衣……来到我身旁停留一段时间便陆续离去的东西，根本数都数不清啊。我从中挑出三件，形成了这份离别致辞。感谢长期追读这些故事的各位，哪怕其实没有几人。这种小故事可以任由作者发挥，效果反而比报刊上的文字更棒。每次的十页稿纸都很自由，确实是一次愉快的经历。当然，苦头也是有的。一个月一个故事，如此两年下来，总觉得是一场梦。真到了结束之时，就有了梦境的记忆。睁开眼睛后，一切皆消失。就请诸位放松一些，轻悄悄看完这最后一篇吧！

我读初中的时候，录音机特别流行。

那东西不光可以拿来半夜收听广播，甚至可以将之录下，方便了解西方乐坛的最新情况。十三岁的人肯定不会对音乐课上讲的西洋艺术有何兴趣，只会喜欢青春流行音乐。

我很想买个录音机，所以每个月都把零花钱存了下来。

五月里的某个晚上，我躺了下来，再次翻看早就看了好几百次的录音机型号目录。

只听从单位回来的父亲问道："你这么想要这东西啊？"

我头都不抬，答道："是啊，我都存够大部分钱了，再存点就真能买啦。"

"那好，咱们出去瞧瞧。"

我跟着父亲来到附近的商店。玻璃橱窗里摆着三洋REC8000——似乎连按键都在闪光。我做梦都想要这个！

"你真的会帮我买这个？"

父亲点了点头。我把存下来的零花钱悉数拿了出来。

我抱着大纸盒子回家了。那种兴奋感，我一直无法忘怀。我甚至记得春夜里那柔和的风。

我一进房间便插好电源，开启了 FM 广播。那时刚好是新曲目的介绍。一个黑人歌手用嘶哑的嗓音唱着，速度不算很快。

　　我想试试效果，就把随赠的录音带放了进去。当时听到的那一曲《Show&Tell》后来一直是我最喜欢的歌曲。

　　那之后的七年里，我只要醒着就会用这个录音机听音乐。要是一小时听十首的话，一天八小时就是八十首，一年则是两万九千首。七年之间，我听了大概二十万首流行音乐。光是用掉的录音带就有五百盒以上。

　　我这个人呀，很容易废寝忘食。

　　我对音乐的爱，全靠那个古老的单声道录音机才维系下来。诸如 CD 等数字音乐都是很久以后才出现的。那个时候的音乐都带有些许杂音，就像记忆中的某个场景一样，挥之不去。

　　遗憾的是，那个三洋 REC8000 不知不觉就看不到了。

　　再见，录音机。

　　我读的是都立高中，需要搭公交再转电车。我很讨厌公交和电车，索性再度开始存钱。这一次的目标是自行车。正如《4TEEN》中说的那样，我很喜欢自行车。

　　我想买的是标致公司的山地车。那东西的骨架是雷诺 531 铬钼钢①，有十段变速，轮胎却只有大拇指宽——说实话，虽

---

① 铬钼钢是铬、钼、铁、碳的合金，具有良好的冲击吸收性能，很难被暴力破坏。1935 年，英国的雷诺钢管厂（Reynolds Tube Company）推出了 531 管，是当时最好的高强度、无接缝、轻量化的自行车工业用管。

然骑上去的感觉确实很棒，但是车胎容易漏气，搞得我经常去学校存车处打气。

那辆车被送到家时的情景，我永不会忘。

当真是轻如一羽，仿佛只要把两根手指伸到横梁下方，就可以将之抬离地面。

我天天都骑这辆比赛用车，像风一样结束路程——光单程就有十公里啊。不愧是比赛用车，就算是我都可以轻松飙到四十公里的时速，甩开公交车简直易如反掌。

我喜欢雨。如果碰上了夏季的阵雨，我会高高兴兴地绕路回家。路上有个一公里长的大桥，从那里偶尔会看到云端露出彩虹。那一瞬间，我会充分享受到回家路上的愉悦。

后来，我不大骑这辆比赛用的山地车了，也不知它去了哪里。

再见，自行车。

大学毕业后的几年间，我没有固定的工作，先是进了一家广告公司，正好当时打字机非常热门，公司就安排素来喜欢手写的我去学习使用打字机。我当时用的打字机是佳能牌的，所以后来大部分文件都是用佳能打字机打出来的。

结果，我特意买了一台打字机放到家里，用来解决非工作性质的文章。譬如媒体投稿和广告文案之类。

一九九六年春天，我随手翻阅一本女性杂志，哪知竟受到刺激，用这台打字机打出了第一篇小说！那个惊悚的短篇故事虽然冲进了终审阶段，却毕竟没被选上；接下来的现代小说（算不算是纯文学呢）同样挤进了最后五篇的决选，结果再度落榜。

我的第三个故事是青春推理小说——《池袋西口公园》。很幸运，这部作品得了奖，成了我最先问世的作品。

新人奖截稿的几天之前，我就写完了这部出道作，哪知调整时一个操作失误，最初的文件都不见了！这个打击简直是毁灭性的。

妻子见我倒在公寓的走廊上，都快要吓傻了。

"你没事吧？怎么睡在这里啊！"

"我好不容易完成的小说啊……有一半都不见了……"

那台打字机的备份容量是四十二页稿纸。

我只剩下三天了。

那个晚上，我背水一战，努力回忆先前写好的内容。人一旦没有退路，就会发挥出无法想象的能力。我只用一个晚上就重现了四十二页稿纸上几乎全部的内容。

这一次是边回忆边重新写，不仅速度加快，语感也更通顺了。前半部分由此比后半部分更容易理解。而后，我设法让安然无恙的后六十页稿纸上的内容联系上了前半部分的内容。

我真的不大喜欢电脑。直到出道后推出第三部作品之前，我都坚持用打字机来创作。包括这篇文章都是用横打的方式输入的。这是我使用的第一台打字机的黑白液晶画面帮我养成的习惯。我以前都是把软盘快递到出版社，后来则渐渐投奔了电脑一族，可惜至今仍无法适应电脑里面的文字处理应用软件。不管是性能还是操作，电脑都无法跟正统的打字机相比。

我如今都用电邮交稿，确实离不开电脑了。但是，切换汉字的速度就没办法再快一点了？输入法也该做得再好一点才对！

然而，这台值得纪念的打字机，到底是悄悄没了影子。

再见，打字机。

这本《掌心迷路》就此迎来落幕。

结束小说跟开始小说的难度实无高下之分，然而捷径不是没有——

回到最初的故事。

这个集子里面的第一个故事，是我的真实经历。我的母亲昏迷住院是真的，标有数字的白板同样是真的。

如果我哪天要写小说，一定要从这件事情开始！

我坐在重症监护室门口的长椅上，默默立志。

所以，我想把这部作品献给亡母石平贵美。

再见了，妈妈。

初 出

『新刊展望』二〇〇三年七月号～二〇〇五年六月号

「左手」　『小説現代』二〇〇四年一月号